불타는 두 바퀴로 화끈하게 유럽 돌기

열혈 소방관의
바이크
유럽여행기

불타는 두 바퀴로 화끈하게 유럽 돌기

신동훈 지음

발행처 · 도서출판 **청어**
발행인 · 이영철
영　업 · 이동호
홍　보 · 최윤영
기　획 · 천성래 | 이용희
편　집 · 방세화 | 이서윤
디자인 · 김바라 | 서경아
제작부장 · 공병한
인　쇄 · 두리터

등　록 · 1999년 5월 3일(제22-1541호)

1판 1쇄 인쇄 · 2014년 10월 20일
1판 1쇄 발행 · 2014년 10월 30일

주소 · 서울 서초구 효령로55길 45-8
대표전화 · 586-0477
팩시밀리 · 586-0478

홈페이지 · www.chungeobook.com
E-mail · ppi20@hanmail.net
ISBN · 979-11-85482-56-9 (03810)

이 도서의 국립중앙도서관 출판시도서목록(CIP)은 서지정보유통지원시스템 홈페이지(http://seoji.nl.go.kr)와 국가
자료공동목록시스템(http://www.nl.go.kr/kolisnet)에서 이용하실 수 있습니다.(CIP제어번호: CIP2014022507)

왜
바이크 여행을
해야하는가

바이크 여행 예찬론자인 저는 주변 사람들로부터 왜! 굳이! 위험하게 바이크나 자전거를 타고 여행을 하냐고 자주 질문을 받곤 합니다. 그러면 전 그 사람들이 바이크 여행을 하지 않을 것임을 알기에 그냥 '재밌잖아' 라든가 '남자아이가' 라는 말로 대충 넘어가곤 합니다.

그런데 간혹 진지하게 질문을 해오는 사람도 있습니다. 그럴 때면 전 지도를 보여주며 당신이 가본 것을 표시해보라고 합니다. 그러면 일반 배낭 여행을 했던 사람은 갔던 곳에 만 점을 표시합니다.

하지만 바이크나 자전거로 여행을 한 사람은 자연적으로 자신이 갔던 곳을 선으로 나타냅니다. 다시 말해 점과 점 사이 그 나라의 대중교통을 이용하며 보지 못했던 모든 곳들이 내 것이 되는 것입니다.

버스나 기차를 타고 가며 보았던 잠시 머무르고 싶었던 아담한 집이나 사원, 표지판도 없이 좁게 뻗어있는 골목길의 끝, 관광객이라고는 한 명도 없을 것 같은 마을, 길을 잘못 찾아들어선 어느 외곽 마을의 조그마한 다방, 그곳에서 느껴졌던 진실 된 커피 향과 사람 사는 냄새, 인위적이지 않은 진실 되지만 약간은 어색한 현지인들의 미소⋯⋯ 이 모든 것을 보고 듣고 느낄 수 있는 것이 바로 바이크 여행인 것입니다.

바이크 여행은 단지 배낭 여행에 바이크 하나만 추가하는 여행이 아닙니다. 잠시만 정신줄 놓아도 사고로 이어질 수 있는 위험한 여행입니다. 그래서 매 순간 정신을 바짝 차리고 있어야 하는 여행입니다. 어쩌면 꼭꼭 숨기고 외면했던 가장 초라하고 약한 자신을 정면으로 대면하게 될지도 모릅니다. 그 모습이 어색해 자신을 부정할지도 모릅니다.

　하지만 고통도 잠시, 자신의 바닥을 보았기 때문에 편안해질 것입니다. 끊임없이 자신과 대화하게 될 것입니다. 점점 단단해질 것입니다. 강해질 것입니다. 진정한 자신감이 생길 것입니다. 너무나도 크고 무섭기만 했던 이 세상이 작아지고 만만해질 것입니다.

　그리고 자유로워질 것입니다.

　자신의 인생에서 한 번쯤은 지도에 점을 찍는 여행이 아닌 선을 그리는 여행. 풍경을 보고 가는 것이 아닌 자신이 하나의 풍경이 되는 여행을 해 보길 바랍니다.

신동훈

Contents

프롤로그

CHAPTER 01

출발

　새벽 5시. 아직 기지개도 켜지 않은 해님이 부스스 눈을 뜨는 시간. 어제까지만 해도 너무 설레어 일이 손에 안 잡히더니 막상 출발 당일이 되자 설렘은 어디론가 날아가 버리고 귀차니즘과 함께 방 한가운데 놓여있는 내 몸집 반만 한 큼지막한 배낭이 눈에 들어왔다. 배낭이 클 수밖에 없는 것이 그냥 여행도 아니고 바이크 여행이다 보니 바이크 관련 용품과 캠핑용품이 한 가득, 게다가 보조가방까지……. 휴~

　전화가 울렸다.

　– 야, 나 거의 다 왔으니 나와 있어.

　베스트 프렌드 정우의 전화였다. 새벽에 버스 타기 힘들다고 특별히 모셔다 준다는 절친의 배려였다. 모든 출발 준비를 마치고 가족들이 깨지 않게 조용히 방문을 열었더니, 진작 일어난 어머니께서 유부초밥을 만들어주셨다.

유부초밥을 받아드는 순간, 죄송함이 울컥하고 올라왔다. 어머니는 내가 이번에 여행 간다고 했을 때 어떠한 부정도, 그렇다고 어떠한 긍정도 하지 않으셨다. 성격 지랄 같은 큰아들이기에, 한다고 마음먹은 것은 꺾을 수 없다는 것을 알고 있어서였겠지만, 어쩌면 이제 이번 여행을 끝으로 역마살을 한방에 제대로 풀고 오라는 무언의 시위였으리라.

그동안 아무 말씀 없었던 어머니는 내가 절친의 차에 오를 때가 되어서야 나직이 한마디 하셨다.

– 아들, 제발 무사히만…… 무사히만 다녀오너라.

순간 울컥하는 감정이 치솟아 이를 꽉 깨물었다. 죄송스러웠다. 남들은 다 시집가고 장가가서 어른다운 삶을 시작할 나이에 아직도 현실에 만족하지 못하고 방황하는 청춘이 된 것 같아서.

– 어머니, 더 큰 사람이 돼서 올게요!

애써 씩씩한 목소리로 말한 후 차에 올랐다. 내 욕망 채우기 위해 부모님께 염려를 끼쳐 드리는 것이 과연 잘하는 것인가……. 마음이 무거웠다. 하지만 난 더 큰 남자가 되기 위함이라고 애써 합리화 했다. 왼손에 든 유부초밥이 유난히도 무겁게 느껴졌다.

13시간! 내 인생 통틀어 탈 것을 13시간동안 타보긴 처음이었다. 좁디좁은 비행기에 찬밥처럼 담겨 13시간동안 비행기를 타자, 바이크 여행 시작도 하기 전에 진이 다 빠져버릴 지경이었다.

하지만 더 큰 관문이 남았으니, 그건 바로 배낭을 메고 숙소까지 가기였다. 메인 배낭과 보조 배낭까지, 무게의 합이 대략 40kg 정도 되는 배낭을 앞뒤로 어깨에 메니 어깨가 주저앉을 것처럼 고통스러웠다.

그 상태로 지하철에 올라 헤매기를 2시간. 어깨에 감각이 없어질 때 즘 프랑크푸르트 민박집에 도착했다. 민박집엔 여행 중이라 들뜬 청춘들이 연신 홍겹게 대화를 이어나가고 있었다. 나도 슬쩍 그들의 대화에 끼긴 했으나, 온통 내 머릿속엔 바이크를 어찌 구하나 하는 생각뿐이었다.

  1순위, 125cc 이상의 바이크
  2순위, 50cc 스쿠터
  3순위, 자전거

최악의 경우 자전거 여행이 될 수도 있다는 가능성도 포함시켰다. 자전거 여행을 하며 두 달 간 두세 나라를 진득하게 여행하는 것도 괜찮긴 하지만……
그래도 역시 바이크를 타고 유럽 전역을 싸돌아 댕기고 싶어! 바람처럼 말이지!
그러나 외국에서는 바이크 구하는 것이 어렵기 때문에 머릿속엔 걱정이 한 가득이었다.

CHAPTER 02

첫 만남

민박집에서 2년 째 배낭 여행을 하고 있는 형님 한 분과 함께 물어물어 1시간 거리에 떨어진 중고 바이크샵에 찾아갔다. 바이크샵에는 많은 종류의 바이크들이 각자 자신만의 향기를 내뿜으며 내 오감을 자극했다.

– 캬~ 꽃밭이네. 꽃밭이야.

마음 같아서는 하나씩 다 타보며 심장소리를 느끼고 싶었지만, 헝그리 여행자에겐 정해진 예산과 시간이 있으니 쓸데없는 시간낭비일뿐이다.

우선 바이크샵 사장에게 예산을 말했다. 예산을 듣자 사장은 미소를 지으며 나를 창고 쪽으로 데려갔다. 두근반 세근반……. 아우, 설렌다. 어떤 녀석을 소개해주려나? 125cc 정도면 정말 좋으련만…….

설레는 마음을 안고 창고로 들어가자 그곳에는 더 많은 꽃들이 줄지어 서있었다. 사장은 조금 더 들어가더니 한 바이크 앞에 섰다.

– 이거 어때요?

오백이와 첫 만남

진한 초록색에 미끈한 라인의 전형적인 네이키드 바이크. 내가 기대했던 것 이상이었다. 우리나라에서 유통되고 있는 로드윈과 코멧이라는 모델과 흡사했다.

  – 와우! 가격이 얼마죠?

  – 2,000유로.

2,000유로라……. 2,000 곱하기 약 150 하면 ……. 300만 원! 음, 125cc 가 300만 원이면 좀 비싼데……. 하, 애매하네. 사장이 한 번 더 조건을 제시했다.

  – 현금으로 할 경우 1,600유로까지 가능합니다.

오, 240만 원이라 이정도면 괜찮은데? 혹시나 싶어 배기량을 물어봤다.

  – 배기량이 얼마죠?

– 오백.

반쯤은 감겨 있던 나의 눈이 휘둥그레졌다.

– 오백 씨씨?

사장은 미소를 지으며 고개를 끄덕였다. 와우! 와우! 와우! 이럴 수가……. 125cc 정도만 해도 만족하는데 500cc라니……. 500cc는 애초에 내 최선책에도 포함 되어 있는 않는 경우의 수였다. 최선책보다 더 좋은 수였다. 이거다! 이건 무조건 사야 해!

흥분된 마음을 애써 가라앉히며 사장에게 구입하고 등록하기 위해선 무엇이 필요한지 물었다. 사장은 현지 계좌, 현지 주소, 여권이 필요하다고 했다.

후~ 현지 계좌와 주소라……. 역시 쉽지 않구만. 외국인 신분으로 바이크 사기가 쉽지 않다는 것은 알고 있었다. 우선 청수민박 사장님께 전화를 드려 상황 설명을 하고 도움을 요청했다. 그러자 사장님께서 한걸음에 와 주셨다. 유창한 독일어로 대화를 하시더니 미소를 지으셨다.

– 생각보다 어렵진 않겠어. 보험 같은 것은 확실히 할 필요가 있어. 이쪽으로 전문가를 알고 있으니 내일 다시 오도록 하자.

우리는 바이크샵 사장에게 내일 다시 올 테니 다른 사람에게 팔지 말라는 신신당부를 하고 작전상 후퇴하였다.

CHAPTER 03

지원군의 등장

- 동훈아, 인사드려. 안 선생님이야.

청수민박 사장님께서 백발의 인자한 인상의 교포 분을 소개해주셨다. 젊었을 때 한국의 명문대를 다니다가 건강상 문제로 독일에 오셨는데 그대로 눌러 앉게 되었다고 사연을 말씀해주셨다. 우리나라 젊은 청년이 바이크 타고 유럽여행 한다는 말에 도움을 주기 위해 한걸음에 왔다고 하셨다.

- 안 선생님, 감사합니다.

난 든든한 지원군인 안 선생님과 함께 바이크샵에 다시 방문했다. 입구에 들어서자 바이크샵 사장이 내 얼굴을 기억했는지 환하게 웃으며 반겼다.

- 바이크 살게요!

내가 인사와 동시에 바이크를 산다고 하자 사장은 더욱 환한 미소로 우리를 맞이했다. 사장과 책상에 앉은 안 선생님은 유창한 독일어로 5분 정도 대화를 하고는 나를 보고 고개를 끄덕이셨다.

오예! 나 500cc 바이크 타고 유럽일주 한다! 아싸! 진짜로 바이크를 타고 유럽을 싸돌아다닐 생각을 하니 머리부터 발끝 세포 하나하나가 신이 나서 소리를 지르는 듯했다. 계약서 작성이 끝나고 돈을 지불하자 사장은 바이크를 내 앞에 끌고 왔다.

다시 보니 더욱 예뻤다. 늘씬한 라인에 진한 초록색, 게다가 내게 꼭 필요한 리어박스까지 달려 있었다. 바이크 선택에 있어서 이보다 더 좋을 순 없었다. 최고였다. 내가 시간이 없고 절차도 모른다고 하자 사장은 그 자리에서 직원을 시켜 대신 구청에 바이크 등록을 하고 번호판까지 받아와서 달아주었다.

시동을 걸자 바이크는 힘찬 배기 음과 함께 심장이 뛰기 시작했고, 덩달아 내 심장까지 더 격렬히 뛰기 시작했다.

– 안 선생님, 진심으로 정말 정말 정말 감사합니다!

– 이따가 저녁에 민박집으로 갈게 술이나 한잔하자고!

안 선생님은 일이 있다며 이따가 저녁에 보자고 먼저 가셨다. 바이크의 정식 모델명은 스즈키 GS500E! 사물에 인격을 부여하는 건 아주 아주 유치한 것이라고 생각해 질색팔색을 하지만, 바이크는 사물이 아닌 살아있는 인격체이기 때문에 이름을 지었다. 앞에 GS는 없애고 500E를 편하게 불러서 '오백이'. 캬~ 오백이, 이름 좋다. 아주 입에 착착 감긴다.

심장이 뛰고 있는 오백이 위에 앉아 핸들을 잡으니 마치 주문 제작이라도 한 듯 편했다. 일명 후까시라고 부르는, 중립에서 스로틀 당기기를 하자 그동안 창고에서 잘 잤다는 듯이 우렁찬 배기 음을 뿜어냈다.

오백아, 정말 잘 부탁한다. 나 좀 잘 봐 줘라. 나와 함께 짧은 기간이지만 열심히 재밌게 신나게 싸돌아다니자! 내게 친동생이 있으니 오늘부터 넌 내 두 번째 동생이야! 오백아, 아자! 아자!

자, 이제 진짜 시작이다. 뭔가 모를 고요함이 몸을 감싼다. 설렌다. 두려움도 있다. 기쁨도 있고 환희도 있다. 난 이제 나의 로망 구하러 북으로 향한다.

〈이번 여행 중 꼭 이루어야 할 로망 리스트〉

1. 바이크 타고 세상 싸돌아다니기
2. 빙하 물에 커피 타 마시기
3. 작고 아름다운 해변에서 캠핑
4. 아우토반 달리기

"남자가 로망을 포기한다면 그는 더 이상 남자가 아니다!"

– 신동훈

안 선생님과 함께

CHAPTER 04

바이크 유럽일주 시작

진짜 시작이다!

정말로 바이크를 타고 유럽 방랑을 한다고 생각하니 설렘에 잠이 오질 않아 뜬눈으로 아침을 맞이했다. 거실로 나오자 민박집 사장님은 아침 준비에 한창이셨다.

- 오늘이 마지막이구나. 절대 중요한 것은 몸조심이야. 특히 바이크 운전 조심해야 한다. 안전이 제일이니까! 알았지? 첫째도 안전! 둘째도 안전!

- 그럼요. 조심할게요, 사장님. 걱정 마세요. 5일 동안 정말 감사했습니다.

- 그나저나 늦어진 일정 매우려면 바로 아우토반으로 가야겠네?

- 아우토반이요? 아우 그건 나중에 적응 좀 되면 들어가야죠. 아직 무리에요, 무리. 하하하하.

아침식사를 배터지게 입속에 집어넣고 가지고 왔던 모든 짐들을 오백이에 결속시켰다. 20분간 이리저리 씨름 끝에 드디어 완성. 모양새가 마치 달구지에 덕지덕지 짐을 실어 놓은 것 같아보였으나, 그 모습이 더 여행자 같고 자유인 같아서 좋았다. 천천히 시동을 걸었다.

– 부앙~

오백이의 경쾌한 심장 박동 소리가 나의 괄약근을 통해 전달됐다.

출발 1분 전, 청수민박 사장님과 함께

– 사장님, 계속 연락드릴게요! 정말 감사했습니다!

– 동훈아! 안전운전! 파이팅!

– 예썰!

길 떠나는 나그네의 망설임 없는 뒷모습을 보여드리고 싶어 한 치의 머뭇거림도 없이 오백이에 올라 사장님의 시야에서 벗어났다. 그리고 그 길로 10분간 프랑크푸르트 시내를 돌아다녔다.

도심지라 그런지 많이 복잡했다. 신호등도 제각각 신호체계도 우리나라와 조금씩 다르고, 일방통행 도로는 왜 그리도 많은지……. 유럽의 벌금이 엄청 세다는 것을 익히 들어서 괜스레 신경을 곤두세웠다.

갓길에 잠시 세워 호흡을 가다듬었다. 그러고는 조금 커 보이는 도로로 들어갔다.

– 와, 큰길은 잘 돼 있네. 차들도 별로 없고. 자, 그럼 속도 한번 내볼까? 오백아, 너의 능력을 보여줘!

스로틀을 천천히 더욱 깊게 감았다.

80…… 90…… 100…….

이야, 이 얼마 만에 느껴보는 시속 100킬로미터의 바람이냐. 오랜만에 가슴이 뻥 뚫리는 이 기분!

– 와~ 아~ 악~

목청 힘껏 함성을 질렀다. 그때였다.

– 부~ 으~ 응~

옆으로 바이크 한 대가 지나가더니 금세 점이 되어버렸다. 난 오백이의 속도계기판을 보았다. 계기판은 100을 가리키고 있었다. 아니, 내가 지금 시속 100킬로미터인데……. 저 정도 속도로 갈려면 최소 시속 170킬로미터 이상이라는 건데 그냥 일반 도로에서 이렇게 빠른 속도를 내도 되나?

– 붕~

– 붕~ 붕~

차들이 연달아 내 옆을 빠르게 지나갔다. 그리고 그들도 바로 점이 되어버렸다.

– 헉!

지금 이게 일반도로가 아니군. 그랬다. 이곳은 모든 바이커들의 꿈! 마지막! 말 그대로 도로의 끝판왕! 독일의 아우토반이었다.

– 오 마이 갓!

순간 온몸에 힘이 바짝 들어갔다.

– 정신 차려야지, 정신.

눈을 부릅뜨고 가랑이를 바짝 조였다. 허벅지 안쪽으로 오백이의 매끈한

기름통이 느껴졌다. 그렇게 한 20분 달렸을까? 'Ausgang(출구)'라는 표지판이 눈에 들어왔다.

－그래, 일단 빠지자!

나는 이름 모를 조그마한 마을로 빠졌다. 후~ 유럽에서 운전하는 것도 아직 적응이 안됐는데, 바이크로 고속도로라니…… . (참고로 한국에서는 아직 바이크를 타고 고속도로로 진입할 수 없다) 게다가 내 바이크 인생 첫 고속도로가 아우토반이라니…… . 멋쩍은 웃음이 났다.

그런데 생각보다 할 만하네, 이거? 아니, 오히려 더 편한데? 아오, 짜릿짜릿한 이 느낌! 내가 살아있는 이 느낌! 난 이 느낌이 너무 좋아!

나는 오백이 연료통 위에 손을 얹었다.

－ 오백아, 정말 잘 부탁한다. 내 목숨 너에게 달렸다. 나 좀 잘 봐 줘. 우리 두 달간 세상에 둘도 없는 베스트 프렌드 해 보자.

주위를 둘러보니 사진에서나 보던 작고 예쁜 유럽 마을이 눈에 들어왔다.

－ 좋아!

최대한 소음발생하지 않도록 RPM을 줄이고 마을 구석구석을 싸돌아 다녔다. 기분이 참 묘했다. 사진에서나 보던 아니, 사진에서도 보지 못한 작고 아름다운 마을을 지금 거닐고 있다니…… .

너무 조용하고 평화로웠다. 우리네 시골과는 다르게 아기자기한 느낌이 났다. 신기한 건 이곳 사람들은 처음 보는 이방인인 나에게, 눈이 마주치면 미소를 짓거나 턱을 퉁기며 눈인사를 하는 것이었다. 아, 좋다~ 좋아~ 정말이지 콧노래가 절로 나오네~

사진기 셔터만 누르면 그림이 되는 곳에서 사진 찍다가, 노래 부르다가, 혼자 이곳저곳 쑤시며 다니다 보니, 배가 고파졌다. 바이크 여행 중 첫 끼니를 좀 맛있는 걸로 먹으려고 했는데, 작은 시골마을이라서 그런지 식당은 보이질 않았다.

마침 큰 마트 하나가 보였다. 오케이, 저거라도 땡큐지. 바이크 여행의 필수품인 식빵과 잼을 사고, 양젖으로 만든 치즈와 주스를 샀다. 그러고는 마트 주차장 구석에 앉아 빵에 양젖 치즈를 발라 순식간에 해치웠다.

– 여행 중엔 이렇게 길거리에서 먹어줘야지. 느끼한 게 아주 딱 내 스타일이구만!

첫 식사

바이크 여행을 시작해서 첫 끼니를 해결하고 이리저리 싸돌아다니다 보니 벌써 오후 6시가 되었다. 슬슬 잘 준비를 해야 하는데 어디가 좋을까? 주변을 둘러보는데 저 멀리 산이 눈에 들어왔다. 입가에 미소가 번지기 시작했다. 여행 첫날부터 독일의 이름 모를 산에서 야영을 한다고 생각하니 완전 설레었다.

무작정 산에 들어가서 이리저리 뒤지다가 좋은 장소를 찾아냈다. 사람도 없고, 건물도 없고, 오직 이순간만은 나와 자연만 있을 수 있는 곳. 텐트를 치고 간이의자에 걸터앉아 눈을 감고 있으니, 태양이 하루를 마감하기 시작했다. 내 마음속에 차분함이 자리를 잡았다.

눈을 뜨니 밤이 하루를 시작한다. 이내 산속은 암흑이 되었다. 귀를 기울이면 온갖 것들이 내게 말을 걸어왔다. 아직 태양의 온기를 간직한 나뭇잎들은 뭐가 아쉬운지 연신 몸을 흔들어대고, 낮 동안 해를 피해 숨어있던 곤충들은 분주히 움직이며 허기를 채웠다. 참 좋다. 이 느낌. 내가 인간이 아닌 자연의 일부인 것 같은 느낌. 내가 살아있는 느낌.

하지만 긴장은 하고 있어야 한다. 자연의 품은 너무 좋지만 마음을 편하게 놓을 수만은 없는 그 미묘한 사이의 선을 잘 조절해야 한다. 그것이 또한 야영의 매력 아니겠는가?

실제로 새벽 2시쯤 어떤 생명체가 다가오는 소리에 잠에서 깼다. 텐트 안에서 밖을 보지 못해서 정확히는 모르겠지만 사람은 아니었고, 주변 땅을 묵직하게 밟는 것으로 봐서 꽤 무게가 나가는 네 발 달린 짐승이었다. 멧돼지나 사슴, 들개, 뭐 이런 것이었겠지. 멧돼지와 들개는 조심할 필요가 있다. 물렸다간 일이 커지니 말이다.

CHAPTER 05

아우토반 위에서 퍼지다

－ 윽!

새 소리와 함께 잠에서 깨자, 아직은 몸이 적응을 못한 듯 뻐근했다.

후~ 깊은 한숨과 함께 몸을 일으켜 천천히 몸을 풀었다. 오랜만에 하는 야영이었지만, 잠을 잘 자서 그런지 정신은 맑았다.

독일에 왔으니 아우토반은 피할 순 없을 터 아니, 오히려 아우토반을 즐겨야지! 작은 배기량의 스쿠터라면 아우토반 운행이 힘들지만 운 좋게도 우리 오백이는 500cc 아닌가?

자! 도전! 오토반!(독일 사람들은 아우토반을 오토반이라고 부른다)

산에서 내려와 마을을 돌다보니 고속도로 입구 표지판이 보였다.

－ 저기군! 습~ 후~

심호흡을 크게 했다. 오백아, 할 수 있지? 난 오백이 가슴에 손을 얹고 말했다.

– 자! 출발! 동생, 달려!

스로틀을 감았다. 오백이는 내 염려가 무색하게 죽죽 치고 나가주었다.

– 아~ 내가 고속도로의 끝판왕 아우토반에서 자동차도 아니고 바이크로, 게다가 렌트도 아닌 내 이름으로 등록된 나의 바이크로 아우토반을 달리고 있다니……. 남자라면 누구나 한번쯤은 죽기 전에 아우토반 위를 달리고 싶은 로망이 있을 것이다. 지금 여행 동안 이루게 될 첫 번째 로망이 이루어지고 있는 순간이었다. 그야말로 감동 그 자체였다. 벅차오르는 감동을 주체 하지 못해 소리를 질렀다.

– 와~ 악~

– 와~ 악~

아우토반 위에 있던 공기는 바람이 되어 내 **뺨**을 빠르게 어루만지고 지나갔고, 나의 함성은 전방으로 뻗지 못한 채 내 뒷모습을 바라보았다.

그렇게 시속 100킬로미터 속도로 30분 정도 달렸을까? 아우토반의 흐름에 방해가 되지 않도록 최대한 바깥차선에 붙었음에도 불구하고 뒤차들은 연신 나를 추월해 나갔다.

– 음, 내가 속도를 좀 더 높여야겠구만! 좋아. 이왕 이렇게 된 거 우리 오백이 최대치를 한번 볼까?

기어 단수를 최대로 올린 후 왼손 클러치는 완전히 놓고 오른손은 스로틀을 꽉 진 채 더욱 깊이 감았다. 그러자 계기판이 조금씩 올라가기 시작했다.

100…… 110…… 120…….

130이 되자 귀에서 천둥이 치며 바람이 자꾸 내 뒤통수를 잡아 당겼다. 온몸에 힘이 들어갔다. 고개를 숙인 채 가랑이를 바짝 조이고 스로틀을 더 감았다.

140…… 150…….

이야, 오백이 너 좀 하는구나. 오백이가 1997년이라 연식도 오래되고 나와 짐도 무거울 텐데 150까지도 무리 없이 치고 나가주다니……. 감동이었다.

160이 되자 풀페이스 헬멧이 아닌 탓에 귓구멍이 아파 도저히 속도를 올리지 못하는 지경이 되었다. 귀가 아파서 160은 안되겠네. 다시 속도를 140 정도로 낮추고 달리자 그제야 나를 무리하게 추월하는 차량 없이 흐름을 맞추게 되었다.

– 음, 아우토반은 130에서 140 정도가 흐름에 지장을 안 주는 속도구만!

그렇게 한 시간 정도 달리자 어느새 속도감이 적응이 되어 빠르다는 느낌이 사라졌다. 우리나라에서는 전용 서킷에 들어가지 않는 한 시속 140킬로미터의 속도로 1시간 동안 이상 바이크를 타는 건 거의 불가능한 일인데……. 캬~ 아우토반이 진짜 좋네! 바이크 좋아하는 사람은 유럽에서 살아야겠구만! 아우~ 신나!

그때였다.

– 어라, 이거 왜이래? 속도가 왜 떨어져!

스로틀을 감아도 속도가 떨어지기 시작했다.

– 오백아! 야, 임마!

난 재빨리 뒤를 보며 차를 확인한 후 갓길로 들어섰다. 그러고는 오백이가 갓길에 서버렸다.

– 틱!

시동은 꺼져버리고 타는 냄새가 진동을 했다. 오백이가 퍼졌다. 나의 부주의와 욕심 탓에 오백이가 아우토반 한복판에서 퍼져버렸다.

– 아우, 그냥 좀 천천히 갈 걸. 왜 그리도 땡겼을까. 아니지, 지금은 자책

할 때가 아니다. 문제 해결이 먼저야.

후~ 크게 한숨을 쉬고 쓰고 있던 헬멧을 벗어 깔고 앉은 채 대안을 뽑았다.

1. 자가 수리
2. 지나가는 차량에게 도움받기
3. 보험사 전화하기

3번의 경우의 수가 제일 믿음직스럽긴 하나 지금 당장 전화기도 없고 보험도 정확하게 어떤 식으로 들었는지 모르고 독일은 어떤 식으로 수리비가 청구되는지도 모르기 때문에 3번은 일단 보류. 1번은 공구도 없고 오백이 구조도 모르기 때문에 1번도 애매한 상황. 2번이 제일 만만하긴 한데……. 일단 후끈후끈한 오백이 심장이 식을 때까지 기다려보기로 했다. 주변에 뭐가 없나 둘러보는데, 어라! 신기하게도 내가 정차한 갓길 옆에 아래로 이어지는 샛길이 보였다.

　- 오, 이건 뭐지?

　난 키를 뽑고 샛길로 내려갔다. 그러자 작은 길이 보이고 양옆으로 나무들과 공터가 눈에 들어왔다. 최악의 경우 이곳에서 야영은 할 수 있겠다.

　가지고 있던 매뉴얼을 펴보니 이건 뭐 완벽한 독일어 버전 매뉴얼이었다. 인간적으로 영어도 좀 포함시켜 놓지. 우씨~

　그때였다. 샛길 맞은편에서 마을사람으로 보이는 한 무리가 떼 지어 오는 게 보였다. 그 분들 중에서 왠지 바이크를 탈 것 같은 느낌의 중년 남성이 눈에 들어왔다.

　- 혹시 바이크를 가지고 있으신가요?

　내가 물었다.

　- 예스.

　그 남자는 환한 미소를 지으며 대답했다. 바이크가 고장 나서 저 바로 위 아우토반에 있는 내 바이크를 좀 봐달라고 하자 남자는 흔쾌히 보자고 했다. 그 남자가 아우토반 위에 있는 내 오백이를 보자 눈을 크게 뜨며 내게 말을 건넸다.

　- 안녕하세욕~

　푸하하. '안녕하세욕' 이라니? 그 남자는 오백이에 붙어있는 태극기를 본 것이었다. 그리고 아시아 중에 한국을 제일 좋아해서 벌써 5번은 넘게 다녀갔다고 했다. 이야~ 뭐 이런 일이 다 있을까? 정말 신기하네. 운이 좋은 건지, 타이밍이 좋은 건지, 둘 다 좋은 건지……

　남성은 이리저리 둘러보고 여기저기 만지면서 밸브를 풀었다가 닫았다가 시동을 걸었다.

　- 지~잉 지~잉 틱!

– 지~잉 지~잉 틱!

– 지~잉 지~잉 부앙~!

와우, 된다! 오백이가 살아났다! 야호! 아저씨, 정말 땡큐 베리 베리 감사 쏘 머치! 아저씨와 한국에 대해 이런저런 대화도 하고 사진도 같이 찍고 헤어졌다.

– 오백아, 앞으로 고속은 자제할게. 미안해. 그리고 다시 아무 일 없다는 듯이 살아나서 고마워.

오백이를 진심이 담긴 손길로 쓰다듬었다. 우리 서로에게 익숙해지는 과정이니까 잘해보자. 아니, 잘 부탁한다. 다시 아우토반에 올랐다. 이젠 아우토반이 정말 편해졌다. 아우토반에는 두 가지 종류의 휴게소가 있는데, 하나는 파킹만하고 앉아서 쉬기만 할 수 있는 간이 휴게소이고, 하나는 우리나라 휴게소처럼 밥도 먹고 기름도 넣고 할 수 있는 큰 휴게소다. 그러니까 이 두 가지의 휴게소가 번갈아가면서 2, 30킬로미터 마다 나온다. 정말 편하다.

열심히 달리다 보니 어느새 해가 하루를 마감한다. 아우토반을 빠져 작은 마을 동산 즈음에 텐트를 칠까 하다가 마침 꽤나 넓은 간이 휴게소가 나왔다. 아우토반 휴게소에서 야영해야겠다.

구석에 텐트 설치할 자리를 확보하고 옆 벤치에 앉아있으니 시상이 떠올라 시도 한 편 썼다.

　– 아, 좋다. 이제 해가 지기 전에 텐트를 쳐 볼까?

　그때였다. 멀리서 한 남자가 거침없이 내게 다가왔다.

CHAPTER 06

독일 멋쟁이들

    그 남자는 여기에 텐트를 치면 위험하다며 고개를 흔들었다. 하긴, 고속도로 휴게소 옆에 텐트 치는 놈은 나밖에 없을 거다. 그 남자의 이름은 에디. 에디와 그 자리에 서서 바이크와 여행에 관해 5분 정도 대화를 나누던 중 갑자기 에디가 자신 있게 말했다.

    – 따라와!

    내가 잘못 들었나 싶어 다시 확인하자 에디는 다시 우렁차게 대답했다.

    – 따라오라고!

    – 어디 가려고?

    – 내 전용 야영지가 있어. 굉장히 좋은 곳이야. 조용하고.

    갑자기 머리가 복잡해졌다. 이번 여행을 시작 하고 거의 처음 접하는 외국인인데다가 이쪽 문화도 모르는데, 게다가 지금은 해가 져서 깜깜해졌는데, 아무리 아우토반이 편해졌어도 야간 주행은 위험한데……. 따라 가, 말아? 으, 고민이네. 에디를 보니 나쁜 부류는 아닌 것 같긴 한데…… 에이, 모르겠다.

– 좋아. 가자!

혹시나 으슥한 데에 데려가서 덤비면 맞서줘야지! 아저씨 2, 3명 정도야 제압할 수 있잖나. 만약에 총을 들이밀면 바로 무릎 꿇지 뭐.

후딱 짐을 싸고 에디의 차량을 따라나섰다. 에디의 차량이 빨간색인데도 밤이 되자 잘 보이지 않았다. 그렇게 야간의 아우토반을 달렸다. 확실히 긴장감이 주간보다 5배 정도 더 했다. 난 모든 신경을 빛나는 에디 차량의 비상 깜박이에 집중했다.

그렇게 한 10여 분 쯤 달렸을까? 에디는 어느 한적한 곳으로 빠지더니 이내 곧 정차했다. 그러고는 차에서 뭔가를 뒤지기 시작했다.

헉! 총이나 칼을 찾나? 난 혹시라도 에디의 일행이 있을까봐 빠르게 주변을 둘러봤다. 주변엔 아무도 없었다. 에디는 내게 뭔가를 불쑥 내밀었다.

그건 바로…… 새…… 생수였다. 하하하하. 에디, 괜히 오해해서 미안. 아까 물통에 물 없는 거 봤다고 뜯지 않은 생수를 두 병이나 줬다.

– 에디, 땡큐 베리 감사!

에디는 손전등을 들고 숲속으로 들어가기 시작했다. 뭔가 밤이라서 잘 안보이긴 했지만, 앞에 호숫가도 보이고 조용하고 사람도 없고 야영하기 딱 좋은 장소를 소개했다.

– 와우, 에디. 완전 고마워!

난 연신 에디에게 고맙다는 인사를 했다. 그러자 에디는 내일 아침에 도시락 싸올 테니 아침 먹지 말고 같이 먹자고 했다. 엥? 이건 또 뭔 소리래? 난 다시 물어봤다. 그랬더니 내일 아침 9시에 이곳에 다시 찾아온다는 것이었다. 도시락까지 싸들고. 집이 어디냐고 물었더니 여기서 10킬로미터 정도 떨어진 곳이라고 했다. 사실 나를 자신의 집에 데려가고 싶은데 부모님과 같이 살고 있어서 집에 데려가는 건 무리고, 내일 아침에 도시락을 싸올 테니 떠나지 말고 기다려 달라고 했다.

– 알았어, 에디. 여기서 너 올 때까지 기다릴게. 고마워, 에디!

에디를 보내고 난 어둠속에서 호숫가에 비친 달빛에 의지해 천천히 텐트를 쳤다. 고즈넉하니 야영하기엔 안성맞춤인 장소였다.

다음날 아침, 새소리에 저절로 눈이 떠졌다. 새소리와 함께 아침을 맞이한다는 사실이 너무 좋았다. 맑은 새소리와 상쾌한 공기……. 그리고 밤새 텐트를 두드리는 귀신의 노크소리…… 는 아니고 숲속 요정의 노크소리. 내가 이래서 야영을 끊을 수가 없지. 흐흐흐.

간밤에 푹 잔 덕분인지 몸이 가뿐했다. 텐트 문을 열고 나왔다.

– 와~

탄성이 절로 나왔다. 아침에 보니 호숫가는 너무 평화롭고 깨끗했다. 그렇게 멍하니 앉아 독일의 어느 이름 모를 지역의 호숫가를 넋 놓고 바라봤다. 새소리와 풀 냄새, 그리고 평화로운 호숫가.

– 아~ 좋다~

입에서 자꾸 '좋다' 라는 말이 나도 모르게 튀어나왔다. 에디가 정말 좋은 곳을 소개해줬구만. 에디, 땡큐~

– 꾸르륵.

배꼽시계는 정확하다. 좋은 건 좋은 거고 배고프니까 일단 뭘 먹어야지. 에디가 온다는 말이 생각나긴 했지만, 아마도 오지 않을 것 같아서 집에서 싸온 미숫가루와 빵으로 아침을 해결했다. 그래도 배불리 먹지는 않았다. 혹시나, 정말 만약에 에디가 아침을 싸온다면 맛있게 먹어야 하기 때문에

딱 허기가 가실 정도만 먹었다.

그렇게 대충 아침을 먹고 호숫가 물을 떠서 고양이 세수도 하고 보니 어느새 시계는 9시를 가리키고 있었다.

음~ 텐트를 접을까 말까? 그래도 혹시나 하는 마음에 9시 30분까지는 텐트를 접지 않고 기다리기로 했다. 멍하니 앉아서 호수를 감상하고 있는데 저 멀리서 발걸음 소리가 들려왔다.

이럴 수가…….

– 에디!

정말 왔다. 손에 뭔가를 잔뜩 들고. 난 크게 손을 흔들었다.

– 에디! 다시 만나서 반가워!

에디는 씨익 웃으며 바구니를 내게 건넸다. 바구니를 열어보자 정성스럽게 만든 샌드위치와 우유, 과일이 들어있었다. 내가 만화처럼 복숭아를 꺼내 한입에 넣고 씨만 뱉어냈더니 에디가 막 웃었다.

– 에디, 감동이야! 고마워!

그렇게 1시간동안 에디와 아침을 먹으며 이런저런 이야기를 나누었다. 45세의 에디는 캠핑과 바이크가 취미라고 했다. 서툰 나의 영어 실력 때문에 손짓과 발짓, 몸짓까지 섞어가며 꽤나 진솔한 대화를 나누었다.

에디. 나의 이번 여행 중 처음 만난 인연. 평생 잊지 않을게.

에디가 자기 친구들을 소개시켜 주고 싶다며 하룻밤만 더 있자고 했지만, 독일에서 시간을 너무 지체한 탓에 나중에 돌아오는 길에 시간이 있다면 만나기로 하고 아쉬운 작별인사를 했다.

- 에디, 고마워. 건강해야 해.

떨어지지 않는 발걸음을 다 잡으며 오백이 위에 올랐다. 오늘은 아우토반 마지막 날! 덴마크 가는 배를 타야 하는데 탈 수 있을까? 정말 열심히 달려야 한다. 자, 그럼 덴마크를 향해서 출발!

CHAPTER 07

다시 아우토반 위에
세버린 오백이

열심히 달리고 달렸는데도 아직 덴마크로 가는 항구는 보이지 않고 어느새 태양은 피곤한 듯 주황색 빛을 뿜어내기 시작했다.

– 캬~ 아우토반 위에서 지는 태양이 참 멋있긴 하네.

그때였다. 잘 달리던 오백이가 갑자기 꿀렁거리며 속도가 줄기 시작했다.

– 어! 어!

순간적으로 사이드 미러를 보며 재빨리 뒤에 차를 확인한 후 갓길에 정차했다.

– 휴~

또 퍼졌나? 그런데 타는 냄새가 나질 않았다. 이상하다 퍼진 거 같진 않은데……. 기름을 언제 넣었더라? (오백이는 구식 기종이라 게이지가 없다) 오늘 아침에 가득 주유했는데……. 아! 맞다! 오늘 400킬로미터 정도 달렸지? 난 재빨리 주유 캡을 열어 손전등으로 안을 들여다봤다. 이런, 젠장. 원래는 찰랑거리며 있어야 할 기름이 하나도 없었다. 아침에 기름을 가득 넣고 달린 탓에 거리는 생각지도 않고 기름에 대해 전혀 관심을 안두고 달렸던 것이었다.

아~ 고추장, 된장, 쌈장! 장! 장! 장!

- 10킬로미터만 더 가면 되는데 10킬로미터만 더 가면 골인 지점인데!

내 실수로 아우토반 복판에서 멈추다니……. 이그, 멍청이……. 그나저나 이를 어쩌나. 참 난감하구만. 이 무거운 오백이를 끌고 10킬로미터를 갈 수도 없고……. 에라, 모르겠다. 난 그 자리에서 엄지를 치켜들고 손을 흔들었다.

아우토반에서 엄지 세우고 손 흔든다고 순순히 세워주겠어? 그런데 멍하니 1분 정도 서 있었을까? 미끈한 RV 한 대가 내 앞 갓길에 정차를 했다.

- 오잉?

설마 지금 날 도와주려고 정차한 건가? 그래도 이거 너무 반응이 빠른 거 아니야? 차에는 푸근하신 천사가 미소를 짓고 있었다. 내 생전 이런 아름다운 푸근한 천사는 처음 봤다. 기름이 떨어졌다고 하자 내게 타라고 했다. 난 재빨리 1.5리터 페트병에 반 정도 있던 물을 마셔버리고 빈 페트병으로 만들어서 얼른 탔다. 한 5킬로미터 정도 가니 주유소가 나왔다.

- 정말 고마워요!

바이크까지 돌아가는 차를 잡아야 하는 것이 걱정이긴 했지만, 얼른 기름을 사서 돌아보니 푸근 천사는 아직 가지 않고 있었다. 그리고는 얼른 다시 타라고 했다. 아까 있던 곳까지 데려다 준다며. 와, 진짜 너무 감사했다. 난 선택의 여지가 없었기에 한 치의 망설임도 없이 얼른 탔다.

그녀는 초등학교 선생님이라고 했다. 음, 어쩐지 인자한 포스가 느껴진다 했지. 그녀는 다시 아우토반 위에 있는 오백이까지 데려다주고 환한 미

소를 지으며 떠났다.

– 고마워요, 선생님!

시계를 보니 이미 8시! 해는 이미 지평선 아래로 숨었고 약간의 빛만이 도로를 밝혀 주었다. 이 시간엔 텐트치긴 참 애매한데⋯⋯. 오백아! 미안! 딱 30분만 최고 속도다. 알았지?

시속 150킬로미터 속도로 열심히 달려 독일 최북단 항구에 도착했다. 정말 눈썹 휘날리게 달려왔다. 주변을 둘러보니 배 모양의 표지판이 눈에 들어왔다.

– 오, 저긴가 보네.

차들이 줄을 서 있었다. 다행히 안 늦은 건가? 씩씩거리고 있는 오백이를 세우고 매표소에 뛰어가니 직원이 손을 저었다.

아~ 오늘은 끝났구나. 이 시간에는 텐트 치려고 해도 잘 보이지도 않고, 장소 찾기도 애매한데⋯⋯. 정말 애매한 상황이구만. 어쩔 수 없이 고개를 돌려 독일 최북단 섬을 싸돌아 다녀보기로 했다.

– 그래. 이럴 땐 해변이 제일 만만하지. 해변으로 가자!

해변을 천천히 돌아다니며 텐트 칠 만한 장소를 물색하는데, 오! 텐트모양의 표지판이 눈에 확 들어왔다. 바로 캠핑장 표지판이었다.

오! 좋아! 캠핑장 그래 캠핑장 좋지 오늘은 캠핑장에서 자야겠다. 타이밍 좋구만. 가격을 물어보니 12유로, 우리 돈으로 18,000원 정도였다. 그래,

이정도면 공짜지, 공짜야. 뜨신 물에 샤워도 하고 편하게 밥도 좀 해먹고 자야겠다. 아, 생각만 해도 좋다, 좋아. 뜨신 물······.

그렇게 돈을 지불하고 이런저런 인적사항을 적는데 내가 'South Korea'라고 장부에 적으니 주인장이 갑자기 크게 놀라더니 어디론가 전화를 했다. 그러고는 막 수화기를 붙잡고 열변을 토하기 시작했다.

뭐지? 뭐지? 지금 이 상황은? 나 뭐 잘못했나? 경찰에 신고하는 건가? 아니면 지금 우리나라 뭐 잘못됐나? 전쟁이라도 난 건가? 나 지금 도망가야 하나? 뒤에 오백이를 바라보며 거리를 계산하고 주머니에서 열쇠를 만지작거리며 머리를 막 굴리며 도망 갈 준비를 하고 있는데 주인장이 불쑥 내게 수화기를 내밀었다.

잉? 이건 무슨 시추에이션이지? 내가 주인장 얼굴을 바라보자 주인장은 방금 전까지 보여주지 않았던 환한 미소를 띠며 전화기를 내게 내밀었다. 난 천천히 전화를 받아들었다. '여보세요'라고 해야 하나? '헬로'라고 해야 하나? '할로'라고 해야 하나?(독일은 '할로'라고 하며 전화를 받는다) 고민하고 있는데 수화기 너머로 여성의 구수한 음성이 들려왔다.

– 여보세요?

CHAPTER 08

기막힌 인연들

'여보세요' 라니……. 나도 모르게 '여보세요'를 하고 보니 한국 사람이 었다. 그것도 정겨운 경상도 억양을 가진 중년의 여성분. 대충 상황을 알 것 같았다. 이런저런 대화를 해 보니 주인장의 제일 친한 친구의 아내 되시 는 교포셨다.

캠핑장이 독일 외곽, 그것도 최북단에 있어서 한국 사람은 1년에 5명도 보기 힘든데 무슨 영문인지 오늘 하루 만에 나를 포함해서 3명이나 왔다고 엄청 좋아하셨다. 그 말을 듣자 나도 덩달아서 좋아졌다. 단순하기는…….

그 여성분께서는 조금만 기다려달라는 말과 함께 전화를 끊으셨다. 그렇 게 자리를 배정받고 텐트를 치고 있는데 검은 차량 한 대가 내 텐트 옆에 정차했다.

– 안녕하세요.

전화 억양에서 추측한 이미지와는 달리 앞머리에 흰색 브리지를 한 세련

된 중년의 여성분이 근사한 흰색 털 코트를 입은 채 환한 미소를 나에게 보내왔다. 차에는 아까 봤던 주인장인 우베와 우베의 친구 그리고 여사님이 타고 있었고, 오늘 막 덴마크에서 독일로 넘어온 젊은 한국인 커플이 타고 있었다. 여사님은 나를 보더니 무척이나 반가워 하셨다. 생면부지의 사람을 이렇게나 반겨주시니 나도 덩달아 기분이 업 되어서 마치 평소에 아는 사람 만난 것처럼 반겼다.

여사님은 캠핑장에 있는 레스토랑으로 나와 젊은 두 커플을 데리고 가서는 술을 시키기 시작했다. 테이블에 앉아 술병이 하나씩 놓이고 여사님의 환한 미소를 보는데 묘한 기분이 들었다. 아니, 정말 신기했다. 인연이라는 것이…….

30분 전만 해도 당장 어디서 자야 하나 잠자리를 고민하고 있었는데, 이렇게 근사한 사람들과 먹음직스런 술자리를 하고 있다니…….

그렇게 우리 여섯 명은 술을 마시면서 대화를 나누었다. 여사님은 19살 때 간호사로 독일에 와서 환갑이 넘도록 일을 하셨다고 했다. 그때는 우리나라가 정말 못살던 시절이었기 때문에 여자는 간호사로 남자는 광부로 일자리를 찾아 독일로 수출됐던 시기였는데, 이렇게 직접 만나고 보니 참 복잡한 감정이 솟구쳤다. 이런 어른들이 계셔서 지금의 살만한 대한민국이 존재하는 것임을……. 정말 고개가 숙여졌다. 그렇게 진지하고 웃고 떠드는 사이.

아따! 독일 보드카, 정말 세다!

자칭 타칭 주인장인 술고래 우베가 자꾸 맥주와 보드카를 권하는 바람에 정말이지 정신줄 잡는다고 혼신을 다했다. 안 그래도 점심때 샌드위치 이후로 아무것도 안 먹은 빈속이어서 정신이 없었다.

그래도 결국엔 내가 130킬로그램 정도 되는 덩치의 술고래 우베를 술로 이겼다.

　우베! 대한민국 '소맥'으로 단련된 간땡이라고! 하하하하하! 한국 오면 황금비율로 소맥 예쁘게 함 말아줄게!

CHAPTER 09

삶의 정상궤도를 박차고 나온다는 것은

맞다! 나 오늘 덴마크 가는 배 타야 하는데!

아침이 되자 눈이 번쩍 떠졌다. 텐트를 열고 나오자 날씨는 꾸물꾸물, 속은 느글느글 머리는 빙글빙글.

이래서 술 먹는 거 안 좋아하는데……. 좋은 인연 만나 기분 좋다고 정말 오랜만에 제대로 마셨더니 정신이 없다. 어쨌든 뭔가 해장을 해야 하는데 뒤져봐야 먹다 남은 식빵이랑 잼뿐이고 우베는 아직 출근도 안 해서 마트는 잠겨있고 난 라면이 필요할 뿐이고…….

그러다가 딱 2봉지 쟁여둔 비장의 무기 5분 비빔밥이 생각났다. 어쩔 수 없다. 내가 지금 빨리 회복하려면 뭔가 한국 냄새 나는 것을 먹어야 해! 그렇게 즉석 비빔밥을 먹고 뜨신 물을 먹었더니 하, 이제야 좀 살 것 같네. 역시 한국 사람은 고추장을 먹어야 하나 보다.

- 후드득.

날씨가 흐리더니 비가 오기 시작했다. 아, 비가 오다니. 간밤에 우베가 돈 안 받을 테니 캠핑장에 있고 싶은 만큼 있다가 가라고 한 말이 생각이 났다. 그래, 컨디션도 안 좋고 비도 오니 어쩔 수 없이 하루 더 있자.

밥을 먹고 주변을 싸돌아 다녔다. 섬이 그리고 바다가 참 아름다웠다.

그러고 보니 처음 보는 유럽의 바다구나. 바다를 보니 밑도 끝도 없이 감성이 젖어들기 시작했다. 가진 것 없는 평범한 한국인으로 태어나 일상을, 자신이 정하지도 않은 정상궤도를 벗어나는 것이 얼마나 힘든 것인지……. 바이크를 타고 세상을 한번 싸돌아 다녀보겠다고 처음으로 결심한지가 5년이 넘었는데……. 그래도 늦지 않아서 다행이었다. 미소가 지어졌다. 그래 늦지 않아서 다행이었다.

– 자! 오늘만 푹 쉬고 내일부터 열심히 달려야지. 아자아자!

텐트로 돌아오는 길에 어제 같이 술을 마셨던 한국인 커플에게 찾아갔다.

– 이런 멋쟁이 커플 같으니라고!

내 또 다른 로망 중에 하나가 부부가 세계일주 하기인데 바로 이걸 실제로 실천하고 있는 '멋쟁이' 부부! 아이고 부러워라.

이건 뭐 하고 싶다고 할 수 있는 게 아니라 둘이 관광이 아닌 여행을 좋아해야만 할 수 있는 일이고 게다가 삶의 정상궤도를 과감히 박차고 나올 수 있는 용기가 있어야만 가능한 일이기에 실행하기 힘들고 이 커플이 멋쟁이인 이유이다. 오정, 현선 부부는 지금 9개월 가까이 세상을 싸돌아 댕기고 있으며 대중교통도 이용하고 캠핑카도 이용하고 지금은 2주 전부터 자전거를 이용해 세상을 싸돌아 댕기고 있었다. 이러니 엄지가 자동으로 치켜 세워질 수밖에!

그렇게 우리는 저녁부터 캠핑장 잔디밭에 앉아 많은 이야기를 나눴다.

일반인 신분……. 말이 좋아 일반인 신분이지 사실 자본주의 사회계급으로 따진다면 중인도 아닌 노비 신분 아닌가. 공노비 혹은 사노비로 나뉘어져 평생 먹고살기 위해 일해야 하는 신분……. 꿈이 뭔지 목표가 뭔지 배우지도 못한 채 태어남과 동시에 단지 대학을 가기 위해 아등바등 대학 가면 캠퍼스의 낭만 따위는 개나 줘버리고 취업하기 위해 아등바등, 취업하면 또 학자금 갚는다고 아등바등, 학자금 갚고 나면 결혼한다고 아등바등, 결혼하고 나면 집 대출금 갚는다고 아등바등, 자식 생기면 먹여 살린다고 아등바등…….

자식 다 커서 이제 좀 살만한가 싶으면 이젠 자식 결혼시킨다고 아등바등, 결혼시키고 이제야 좀 날 위해 시간을 보내야지 하면 더 이상 내의지대로 되지 않는 비루한 몸뚱이……. 하~ 왜 하고 싶은 것이 없고 보고 싶은 것이 없었겠는가?

그 말만 듣기 좋은 일반인 신분…… 이 굴레를 박차고 나오기 위해선 용기가 필요하다.

아무래도 일반인 신분으로 정상궤도를 박차고 나와서 인지 묘한 동질감, 동지의식이 느껴졌고 그 감정이 더욱 진솔한 대화를 가능케 했다. 친한 친구들에게도 잘 안하게 되는, 만약에 하게 되면 이제 그만 '철 좀 들어라' 라는 뻔한 대답이 돌아오는 그런 속내 말이다. 좋다, 정말 좋다.

참 신기한 인연이다. 나는 이제 북으로 가기 위한 길 위에서 오정, 현선 부부는 북에서 남으로 가는 길 위에서 이렇게 만난다는 것이. 이런 게 인연인가보다.

다음날 아침, 우리는 말끔한 정신으로 다시 떠날 준비를 마친 채 서로의 애마와 함께 자신감 가득 담긴 두 발을 땅에 굳건히 디디고 서서 사진을 찍었다.

나는 이제 북으로!

정선 부부는 남으로!

이것이야말로 바통터치!

정선 부부 파이팅! 나도 파이팅! 아자아자!

어떤 변수가 생길지 몰라 서둘러 페리에 탑승했다. 다행히 아무 일없이 무사히 페리에 타고 보니 조금씩 멀어지는 독일이 보였다. 어느새 독일이 내게 참 좋은 곳으로 각인됐다. 신사의 나라는 영국? 아니지, 독일이지! 그래 독일이야말로 신사의 나라지. 암! 그렇고말고!

배를 타며 나의 수식어를 여러 개 생각해봤다.

1. 5일 동안 바이크로 아우토반 질주한 남자!

2. 바이크 타면서 아우토반에서 졸아본 남자!

3. 아우토반 휴게소에서 (시) 써본 남자!

와우~ 아우토반 로망 완수! 멋져 부러~ 아우토반 그리고 독일, 잠시만
안녕!

CHAPTER 10

혹독한 신고식

문이 열리자 따스한 햇볕이 칙칙했던 페리의 주차장 어두운 공기를 몰아
냈다. 바이크는 문 옆에 대 놓아서 제일 먼저 보내줬다.

자! 이제 덴마크다!

덴마크, 낙농업과 튤립의 대명사 덴마크. 그동안 책이나 텔레비전에서나 봤던 거 말고 실제 덴마크는 어찌 생겼을까? 낙농의 나라답게 젖소 천지일까? 나는 설레는 마음을 애써 가라앉히며 스로틀을 당겼다.

푸른 초원…….

- 와~

그 사이로 거니는 젖소들…….

- 와~

뻥 뚫린 도로…….

- 와~ 아?

아! 뭐야? 독일이랑 똑같잖아!

한 10분 정도 달려보니 독일과 다를 바 없이 똑같았다. 달라진 것이 있다면 표지판의 글자가 독일어가 아니라는 것뿐이었다. 그래. 그래도 좋다. 이 뻥 뚫린 도로를 가열차게 달릴 수만 있다면!

자, 덴마크의 수도에 왔으니 일단 코펜하겐에 가볼까? 코펜하겐이라……. '부르마블'이라는 보드게임에서만 봤던 코펜하겐, 일명 코떼까리. 어릴 때 항상 코떼까리, 코떼까리 하고 불렀던 것이 떠올랐다. 부루마블을 할 때면 왼쪽 라인 위쪽에 위치한 코떼까리를 사려고 애썼던 기억이 나서 미소를 지었다. 아, 설렌다. 코떼까리 아니, 코펜하겐! 표지판도 마침 코펜하겐을 알려주고 있었다. 자! 코펜하겐으로 출발!

뻥뻥 뚫린 고속도로! 역시 유럽은 고속도로 하나는 기가 막히다. 아니 정확히 표현하자면 고속도로에서 바이크가 달릴 수 있어서 너무 좋다고 표현하는 것이 맞는 표현이지 싶다. 우리나라 고속도로도 잘 되어있으니 말이다.

다만 바이크가 달리지 못해서 그렇지…….

그렇게 한 20여 분 열심히 달렸을까?

정말 거짓말처럼 내 전방 하늘에서 반경 2킬로미터 정도 남짓한 조그만 먹구름이 빠르게 다가왔다. 저건 뭐길래 만화처럼 이쪽으로 다가오지? 정말 신기하게도 만화처럼 맑은 날씨에 작고 시커먼 먹구름 하나가 내게 다가왔다. 구름 밑에는 투명색 커튼이 바람에 막 휘날렸다.

잠시 후, 난 군대 전역 이후 처음으로 전혀 내 의지대로 아무것도 할 수 없는 무기력감을 맛보았다. 정말 너무 초라하고 비참한 순간……. 어찌 이리도 무기력할 수 있단 말인가. 털끝만한 저항도 할 수 없는…….

조그마한 먹구름은 정말 만화에서처럼 비비탄 만한 우박을 동반한 소나기를 엄청나게 퍼부었다. 비를 피할 곳이라고는 눈곱만큼도 없는 말 그대로 사방팔방 뻥 뚫린 고속도로 한복판에서, 내가 할 수 있는 최선은 바이크를 갓길에 세우고 그냥 고개를 숙인 채 팬티와 신발 속으로 스며드는 빗물의 온도를 가늠하는 것 외에는 할 수 있는 것이 없었다.

그 구간을 빠르게 달려서 통과하려고 해도 우박이 너무 따가웠고, 혹여나 미끄러질까봐 그럴 수도 없었다. 엄청난 양의 비와 우박을 퍼붓던 '만화 구름'은 5분이 지나자 저만치 가버렸다.

그 5분의 공습으로 내 옷과 신발 속옷은 완전히 젖었고, 오백이에 결착시켜 두었던 침낭과 가방까지도 몽땅 젖어버렸다.

하~

마른하늘에 날벼락, 말 그대로 만신창이! 코펜하겐을 본다는 설렘은 이미 개나 줘 버린 지 오래고 한숨만 폭폭 나왔다.

다른 차들은 그런 나를 비웃기라도 하듯 빠른 속도로 내 옆을 지나가며 아스팔트 위에 남아있는 빗물을 나에게 연신 뿌려댔다.

- 캬, 정말 신고식 제대로다.

그리고 5분 후 정말 어처구니없게도 언제 그랬냐는 듯이 하늘은 환하게 맑아졌다. 태양까지 방긋 웃어보였다. 무슨 이런 개똥같은 날씨가 다 있냐.

다 젖은 몸으로 달리는데 팬티까지 젖은 터라 온몸이 덜덜덜 떨릴 정도로 추웠다. 너무 추워서 잡고 잇던 핸들은 물론이거니와 골반까지 떨려 오백이 전체가 흔들렸다.

- 이대론 위험하다!

갓길을 이용해 천천히 10분쯤 이동하자 다행히 휴게소가 나왔다. 난 바로 들어가 따뜻한 커피를 주문해 그 자리에 서 벌컥벌컥 마셔버렸다. 몸에 뭔가 뜨거운 것이 들어가니 조금 나아졌다.

우선 가방을 열어 그나마 제일 깊숙이 넣어뒀던 안 젖은 옷으로 갈아입고 화장실에 있는 손 건조기로 신발을 말리고 나니 좀 살만해졌다. 그렇게 두 시간 정도 재정비를 하고 코펜하겐으로 출발했다.

이 굴욕! 이 패배감! 덴마크! 널 잊지 않겠다!

비에 홀딱 젖은 오백이와 짐들

CHAPTER 11

만나서 반가워, 자콥

　열심히 달려 드디어 코펜하겐에 입성! 했으나 이미 만신창이가 된 나는 고기! 고기만을 간절히 원했다. 오늘은 일단 샤워와 빨래 그리고 짐들을 건조해야 하니 야영은 힘들고, 그렇다고 덴마크는 최악의 물가로 불리는 노르웨이 다음으로 비싸다는 것을 알기에 숙소 구하기도 애매해서 저렴한 캠핑장을 찾아보았다.

　그런데 구글 지도가 시킨 대로 찾아가고 찾아가는데도 캠핑장은 도대체 어디 박혀 있는 것인지 코빼기를 안 비췄다. 그래서 그냥 지나가는 어느 남자에게 말을 걸었는데, 이것이 또 인연이 될 줄이야.

　남자의 이름은 자콥. 자콥은 지금 볼일이 있어서 바쁘니 일단 자신이 알려준 캠핑장에 가서 텐트를 치고, 저녁에 자신의 집으로 놀러오라고 했다. 이야~ 덴마크 가정집에 방문할 수 있다니! 이거 뭔가 신선한데!

　자콥이 알려준 캠핑장에 도착해 텐트를 치고 서둘러 자콥의 집주소를 물어 물어 찾아갔지만, 이미 약속 시간보다 1시간이나 늦게 도착했다. 하지만 자콥은 반갑게 날 맞아주었다. 그의 아내 그라우, 아기 빅토르까지…….

난 자콥에게 저녁도 얻어먹으며 대화를 나눴다. 자콥은 한국의 연금제도부터 직장 내 문화나 봉급에 관심이 많았다. 대화를 나누면서 덴마크는 정말 복지가 잘 정비 되어있는 사람이 살기 좋은 나라라는 것과 세금이 50~60% 정도라는 사실에 깜짝 놀랐다. 세금을 반 이상 걷어간다는 것을 대충은 알고 있었지만, 실제로 덴마크 사람에게 들으니 그저 신기할 따름이었다.

－ 자콥! 열심히 번 월급을 세금으로 반 이상 내면 막 억울하거나 뺏기는 기분 들고 그러지 않아?

내가 묻자 자콥은 아무런 표정변화 없이 당연하다는 듯이 대답을 했다.

－ 대신 국가에서 많은 걸 책임지고 제공해 줘.

－ 예를 들면?

－ 집을 살 때도, 차를 살 때도, 일정 금액을 지원해주고, 병원비도 거의 무료에 학자금도 일정 금액지원하고, 은퇴 후 연금도 많이 주고, 아이 양육비는 거의 전액 지원이 되고…….

자콥의 말에서 국가에 대한 확고한 믿음이 느껴졌다. 어떻게 하면 한 국민이 자신의 국가를 이렇게 믿을 수가 있단 말인가? 부러웠다. 정말 부러웠다. 그리고 덴마크가 갑자기 커보였다. 단지 튤립이나 재배하고 치즈나 만들고 물가만 엄청 비싼 나라가 아니었던 것이었다. 덴마크는 사람이 생활하는 모든 면에서 완성의 단계에 들어선 나라였던 것이었다. 그리고 덴마크 주변 북유럽 국가들도 이미 비슷한 수준이라고 했다. 이래서 북유럽, 북유럽 하는구나.

왠지 모를 패배감이 느껴졌다. 가슴 속 깊은 곳에서 뭔가 모를 승부욕이

사진기를 들이대니 바로 지적인 자세를 취해주는 그라우

느껴졌다. 우리나라도 할 수 있다. 아직 가야 할 단계가 많이 남았지만 우
리나라도 우리국민도 할 수 있다. 아, 열 받네, 이거. 나 확 정치판에 뛰어들
어서 어떻게든 국민에게 빨대 꽂고 있는 썩은 정치인들 싹 걷어내고 우리
나라를 더 좋은 나라로 바꿔 봐?

  혼자 씩씩 거리고 있는데, 자콥은 덴마크 사람들이 가장 사랑하고 아침
마다 먹는다는 덴마크산 치즈를 빵과 함께 가져왔다. 단순하게도 먹을 것
을 보니 다시 마음에 평화가 찾아왔다. 치즈를 크게 썰어 빵 위에 얹고 한

입 크게 베어 무니…… 헉! 이거 뭐 이리 짜!

- 치즈 어때?

자콥이 물었다.

- 응, 정말 맛있어. 내가 원래 치즈를 엄청 좋아하거든.

라고 대답은 했지만, 으~ 짜다. 아니, 짜다는 말보다 치즈 맛이 아주 강했다. 그래, 짜다는 표현보단 세고 강하다는 표현이 더 적합했다.

- 좀 짜지 않아?

- 쪼금.

- 하하하하!

자콥이 막 웃기 시작했다.

- 그걸 그렇게 한 번에 많이 올려먹으니 그렇지. 하하하하!

내가 빵 위에 너무 많이 올려서 먹었다고 했다. 자기네들도 짜서 조금씩만 올려 먹는다고.

- 어쩐지 짜더라니……. 하하하하!

아, 참 따뜻하고 좋은 이 시간들을 저장할 수 있다면 얼마나 좋을까.

CHAPTER 12

석양의 로망, 바이크에 꽂히는 순간

날씨가 조금씩 더 쌀쌀해졌다. 북으로 가면 갈수록 더 쌀쌀해지는 듯했다. 예전엔 추우면 뭔가 피부가 까슬까슬 하니 기분이 좋아지곤 했는데 군대 때문인지, 나이를 먹어가는 탓인지, 언젠가부터 추운 게 싫어졌다.

코펜하겐의 수도를 이곳저곳 둘러보니, 그냥 뭐 평범한 게 내 흥미를 끄는 것이 없어서 바로 스웨덴으로 향했다. 코펜하겐에서 스웨덴으로 가는 길은 긴 다리 하나를 넘으면 되기 때문에 금방이다.

지금까지도 두고두고 아쉬운 것이 하나 있다면 갓길도 없는 '외레순드 다리(öresund bridge)'를 사진으로 남겨두지 못했다는 것이다. 그 다리를 바이크를 타고 지나갈 때의 감동은 뭐랄까 마치 영화 〈반지의 제왕〉에 나오는 해변의 거대한 두 석상을 통과하는 느낌이라고 해야 할까?

양쪽으로 햇빛이 반사되어 금가루를 뿌려놓은 것처럼 반짝이는 바닷가

여행 후 인터넷에서 찾은 외레순드 다리의 모습

에 끝도 없이 펼쳐진 다리 양쪽으로 커다란 지지물이 우뚝 솟아 있는데, 그곳을 통과할 때 정말 묘한 짜릿함이 느껴졌다. 이곳은 자동차가 아니라 꼭 바이크나 오픈카를 타고 지나가봐야 할 다리이다.

이때 무리를 해서라도 한 손 신공을 이용해 사진을 찍었어야 했는데 그러지 못한 것이 정말 두고두고 아쉽다. 다리를 건너자 바로 스웨덴 '말뫼 (Malmö)' 라는 도시에 도착했다.

－캬…….

스웨덴……. 신기하다. 바이크를 타고 스웨덴에 와있다니……. 금발의 미녀들이 많이 사는 스웨덴. 그렇게 '말뫼' 라는 작은 마을 사이사이를 영감님 속도로 천천히 싸돌아 댕겼다.

마을이 정말 예쁘고 평화로웠다. 우리 어릴 적 외국 드라마에서 자주 보았던 집들이 눈앞에 펼쳐졌다. 금방이라도 어린 케빈이나 앤드류가 나올 것만 같았다. (케빈과 앤드류를 아는 그대는 이미 30대 이상!)

－좋다, 좋아!

나라마다 관광객을 위한 관광지도 좋지만 사실 난 이런 현지의 일상적인 것에 더 끌린다. 그렇게 1, 2시간을 말뙤 이곳저곳을 싸돌아 댕겼다. 그러자 역시나 배꼽시계가 정확히 밥시간을 알려왔다.

스웨덴도 물가 비싸기로 유명한 것을 알기 때문에 식당에서 먹을 수 없고 물어 물어 큰 마트를 찾아갔다.

– 와~ 이런~ 와~

이렇게 크고 넓은 마트가 있다니? 넓어서 끝이 안보였다. 스웨덴이 땅덩이가 넓어서 그런가 아니면 위로 올리는 것이 돈이 더 들어서인가? 대략 7층짜리 쇼핑몰을 1층에 다 붙여 놓았다고 보면 될 만큼 넓었다. 덕분에 난 생처음으로 7층짜리 쇼핑몰을 다 둘러본 셈이 됐다. 게다가 처음으로 마트에서 라면을 발견했다. 역시 마트가 크니까 라면이 있군! 그것도 다른 나라 라면이 아닌 '삼양라면' !

이야~ 한국라면이 그리웠는지 예상치 못한 선물을 받은 것처럼 반가웠다. 식량 통으로 쓰고 있는 오백이 리어박스가 터지든 말든 라면 10개를 샀다. 라면 10개에 이런 행복감을 느끼다니……. 그 외 필수품인 식빵, 스키나, 또띠아, 케첩, 특필수품 칠리소스, 나쵸 등을 사고 보니 벌써 한 가득이다. 장을 본 식품들을 보기만 해도 배가 불러왔다.

– 캬~ 내가 이 맛에 장본다니까!

너무 많이 사서 리어박스도 모자라 여기저기에 쑤셔 넣었다. 든든하면 장땡이지! 든든한 마음 안고 북쪽으로 출발!

도로는 뻥뻥 뚫려 있었다. 그래, 이 맛이지! 시원하게 바이크를 타는 이 맛! 이 느낌! 너무 좋은데, 아주 아주 좋은데, 뭐라 설명할 방법이 없다.

그렇게 뻥 뚫린 도로를 찰지게 달리는데, 내 그림자를 보고 가슴이 뭉클해졌다.

살면서 본 나의 그림자 중 가장 멋있었다고 해야 하나? 석양에 비친 나와

오백이의 그림자가 너무 멋있었다. 영화에서나 보던 장면이 지금 현실이라고 생각하니, 말 그대로 감동이었다.

바이커라면 사실 누구에게나 처음 바이크에 꽂히는 순간이 있다. 일반적으로 대부분의 바이커들은 영화 〈터미네이터 2〉에 나오는 아놀드 형님의 트럭 추격 신에서 그 압도적인 카리스마에 매료되어 바이크에 꽂히거나, 영화 〈천장지구〉와 〈열화전차〉의 유덕화, 또는 〈비트〉의 정우성 때문에 바이크에 꽂히곤 하지만, 나의 경우는 좀 더 거슬러 올라간다.

때는 바야흐로 초등학교 저학년 때, 방과 후 저녁 5시 반이면 다른 데 놀러가지도 않고 텔레비전 앞에 앉아 〈그랑죠〉, 〈달려라 부메랑〉, 〈피구왕 통키〉 등의 만화를 거의 하루도 거르지 않고 꼬박꼬박 챙겨 보던 시절, 어느 주말 오후 2시쯤에 방영했던 외국 드라마를 보고 완전 꽂혀버렸다.

아직도 생생한 그 이름, 〈레니게이드〉! 주인공이 누명을 쓰고 이리저리 도망 다니며 누명을 풀어가는 그런 스토리였는데, 거기에서 주인공이 앞 서스펜스가 제법 긴 할리 바이크를 폼 나게 휘날리며 석양의 도로를 질주하는 장면과 그때 도로가에 비친 주인공의 그림자가 나의 머릿속에 각인되었다. 그 어린나이에 그게 왜 그리도 멋있어보였는지 아직도 모르겠지만, 난 그 장면 때문에 바이크에 꽂혔다.

지금 나의 그림자가 그에 못지않게 멋지다고 생각하니, 이 가슴 뭉클함이란……. 생각지도 못한 어린 시절 로망을 이룬 셈이다. 아! 행복감이 가득한 하루하루가 이어진다.

CHAPTER 13

내 생애 최고의 캠핑

　로망! 누구나 가슴속에 최소한 한 개 이상의 로망은 갖고 살아간다. 그 로망들은 전부 다르지만 로망을 이루고자 하는 이유는 같다. 만족감, 궁극적으로는 행복감을 느끼기 위함이리라! 나의 이번 여행 목적 또한 많은 로망 리스트 중 여러 개를 이루기 위한 여행이었고, 그를 통해 행복감을 느끼기 위함이었다.

　독일 아우토반에 대한 로망은 정확히 말하자면 바이크를 사랑하는 바이커로서 로망이었다면 이번에 이루게 될 로망은 캠핑. 바로 캠퍼로서의 로망이다. 캠핑 더 정확히 말하자면 야영. 나의 캠핑 로망은 아무도 없는 그림처럼 아름다운 외국의 조그마한 해변에서 텐트를 치고 혼자서 자연의 동물처럼 지내보는 것이었다. 문명인이 아닌 자연인이 되어보는 것. 그리고 마침내 이곳 노르웨이에서 캠핑에 대한 로망을 이루었다. 바로 이곳에서……

사진의 한가운데 텐트와 오백이가 보인다.

내가 인간이 아닌 한 마리의 동물이 됨으로써 잠시나마 자연인이 된 느낌을 갖게 해 준 곳, 내게 순도 99.9%짜리 자유를 선사해 준 곳, 내 캠핑 인생에 있어서 모든 캠핑 갈증을 해소해준 곳. 내 생애 최고의 캠핑!

자! 이제 노르웨이로 가자! 노르웨이로 갈 생각을 하니 벌써부터 그놈의 물가가 걱정된다. 얼핏 듣기로 한국 물가의 2배가 아닌 4배 정도라고 들었는데⋯⋯. 밥 한 끼를 먹어도 2만 원. 하하하. 웃음만 나온다.

난 노르웨이로 넘어가기 전 큰 마트에 들러 다시 한 번 장을 봤다. 한 5일 정도 먹을 식량을 5만 원어치 정도 샀다. 조금이라도 더 많이 사야 한다는 생각에 이것저것 사다보니 너무 많이 사서 오백이 짐칸이 터질 뻔했다.

그리고 바로 출발! 스로틀을 당기다 보니 도로 주변의 분위기가 조금 달라졌다. 뭐랄까 조금 더 누런 녹음이 짙다고 해야 할까? 혹시나 싶어 태블릿 PC의 GPS를 켜보니 뭐야! 언제 노르웨이를 넘어온 거야? 하하하. 이제는 국경을 넘는데 별 느낌이 없어진다. 그냥 달리다보면 도로가 언저리에 유로연합 표지판이 보이면 국경을 넘었나보다 하게 된다.

그래서 도전! 한 손 신공 사진 찍기!

오른손은 스로틀을 유지한 채 왼손으로 내 눈앞에 펼쳐진 뻥 뚫린 도로를 찍었다. 시속 100킬로미터에서도 찍어보고⋯⋯.

이 장면이야말로 모든 바이커들이 꿈꾸는 그런 장면이다. 아무것도 없는 뻥 뚫린 유럽의 고속도로! 캬~ 멋지다.

그렇게 열심히 사진을 찍으며 달리다보니 어느새 해가 뉘엿뉘엿 넘어갈 준비를 한다. 이제 슬슬 잘 곳을 알아봐야 한다. 마침 해변과 가까워서 주저 없이 해변으로 갔다.

해변으로 갔더니…….

– 와~

멍해졌다. 멍해질 정도로 아름다운 석양이었다. 해변의 석양에 비친 오백이 그리고 나.

해가 지기 전에 텐트를 쳐야 하는데 석양이 너무 황홀해서 그냥 멍하니 바라만 봤다. 내 인생에 노르웨이 석양을 보게 될 줄이야.

그렇게 넋을 놓고 바라보고 있는데, 한 무리가 내게 다가왔다. 나는 마침 잘 됐다 싶어서 사진을 찍어달라고 했다. 그렇게 시작된 대화가 또 어느새 깊어졌다.

　남자의 이름은 벤! 가족끼리 잠시 바람 쐬러 나왔다고 했다. 그리고 내게 엄지를 치켜들었다. 자신도 꼭 이런 여행을 해보고 싶었다면서.

　한때 고 배기량 바이크를 몰았지만 10년 전에 사고를 계기로 바이크를 끊었다고 했다. 그런데 대뜸 벤의 딸내미로 보이는 한 아가씨가 내게 싸이를 아냐고 물었다.

　– 뭐? 싸이? 가수 싸이?
　그녀는 고개를 끄덕였다. 그리고 다시 입을 열었다.
　– 캉남스타일~
　그녀는 덩실덩실 말춤을 추기 시작했다.
　와, 싸이가 이 정도였나? 내가 유럽일주 하는 동안 싸이는 세계 일주를 하고 있었다. 하하하. 싸이와 한국의 한류 문화에 대해 신나게 떠들다보니 텐트 치는 것도 잊고 있었다. 내가 이곳 어디 즈음에 텐트를 친다고 했더니 벤이 단호하게 말했다.

　– 따라와!

　벤의 말에 의하면 이곳 사람들만 아는 기가 막힌 해변이 있다고 했다. 그렇게 난 5분 정도 벤을 따라갔다.

　–오!

　해변에 도착하자 해가 져서 풍경이 잘 안보였지만 커다란 다이빙대가 시야에 들어왔다. 벤 가족과 작별인사를 한 후 난 조금 남은 빛에 의지해 서둘러 텐트를 쳤다. 그때까지만 해도 어두워서 내가 텐트를 친 이곳이 얼마나 아름다운지 몰랐다. 그리고 아침이 되자마자 주변을 둘러보기 위해 다이빙대 꼭대기에 올라갔다.

　아, 이렇게나 아름다운 곳이었다니……. 주변을 둘러보는데 가슴이 뭉클해졌다. 울대가 살랑살랑 간질거리는 느낌이 당장이라도 터질 것처럼 목에 가득 찼다.

　– 이런 해변에서 캠핑을 하는 것이 나의 캠핑 로망이었는데, 내가 드디어 캠퍼로서의 로망도 이루는구나. 이렇게 작고 아름다운 해변에 나만 있을 수 있다니……. 좋아! 여기서 3, 4일간 머무르며 내 캠핑 로망의 종지부를 찍자!

　일단 노르웨이에 왔으니 수도 오슬로에 가서 뭉크 박물관엔 가봐야지! 마침 해변에서 오슬로가 가까이 있었기 때문에 오슬로로 향했다.

　오슬로에 들어서자 여느 수도처럼 복잡하고 많은 사람들로 가득했다. 이곳저곳 열심히 싸돌아다니다가 한국 관광객들을 만나 먹을 것도 얻어먹고

사진도 찍고 뭉크 박물관에 가서 그림도 보고 괜히 걸어도 보고 하는데, 어느 순간부턴가 머리가 지끈지끈 아파왔다.

– 복잡한 도시……. 이제 도시는 그만! 얼른 이곳을 탈출해야 해!

그렇게 오슬로를 탈출하듯 빠져나와 나의 해변으로 돌아왔다.

하……. 그래, 이거야, 이거! 나의 해변에 오니 두통이 싹 가시고 얼굴엔 핏기가 돌기 시작했다. 난 도시 체질이 아닌 게 확실한가 보다. 하하하.

다시 바다를 보며 이곳저곳을 어슬렁거리며 천천히 돌아다녔다.

– 아, 좋다.

소시지도 구워먹고, 조깅도하고, 나의 해변에서 수영도 한번 해줘야지 싶어서 수영도 하고 (얼어 죽는 줄 알았다.) 해변 한가운데 모닥불을 피워놓고 빨래도 말려놓고 누군가 낚시로 잡아서 주고 간 고등어도 구워먹었다. 모닥불을 보며 해변의 음성과 체취를 느끼며 그냥 바보처럼 입 벌리고 앉아 있는데 너무 편안하고 평화로워서 멍해졌다.

배부르지, 따숩지, 편안하지, 평화롭지, 이 멋들어진 자연…….

아, 행복감이라는 것이 이런 거지, 이런 거야. 순도 99.9%짜리 자유. 행복하다. 정말 행복하다.

그리고 석양을 보는데 석양이 심상치가 않았다. 뭔가 작품이 나올 것 같은 분위기! 나는 서둘러 사진기를 꺼냈다. 여행 중에 나만의 기준으로 작품 사진을 몇 장 찍었는데 이곳 나의 해변에서 첫 번째 작품사진을 찍었다. 사진의 제목은 '내 생애 최고의 캠핑'

너무 아름다워 풍경에 섞이고 싶었다. 정말이지 너무 아름다워 눈물이 날 뻔했다. 가슴이 지잉 하고 아려왔다. 이때의 감동을 말로 표현할 수가 있을까? 자려고 누웠는데 잠이 오질 않았다. 그냥 사람이 멍해져서, 나른해져서, 팔다리가 내 것이 아닌 것 같은 느낌……. 그렇게 한참을 멍하게 누워 두근거리는 가슴을 애써 진정시키며 잠에 들었다.

CHAPTER 14

당신은 무지개의 끝을
본 적이 있나요?

아침 새소리와 파도소리에 눈을 뜨니 벌써부터 아쉬움이 밀려왔다. 마음 같아선 한 일주일 더 있고 싶지만 다음을 기약해야지. 발이 안 떨어지지만 그래도 다음 여행지에 대한 설렘으로 발걸음을 옮겼다. 그런데 하늘이 우중충하다. 금방이라도 비가 올 것 같았다.

역시나 출발한 지 1시간도 채 안돼서 비가 내리기 시작했다. 비가 내리니 기온이 뚝 떨어져 아무 생각 없이 달리다 보면 손가락, 발가락이 자꾸 얼어서 40분마다 서서 몸을 녹이고 가다 서다를 반복. 어느새 이름 모를 작은 시골마을에 들어왔다. 시골이라서 그런지 사람도 안보이고 가게도 안보이고 듬성듬성 집들만 간간히 보였다.

해가 지면 텐트치기에 애로사항이 많기 때문에 나무로 둘러싸인 어느 가정집 뒤편에 최대한 소리를 죽인 채 텐트를 치기로 했다. 일명 '도둑캠핑'. 내일 새벽 일찍 나가는 수밖에……. 해가 지려고 해서 서둘렀다. 그러나 이

것이 화근이 될 줄이야…….

오백이 위에 얹혀 있는 배낭의 무게가 꽤 나가기 때문에 부드럽게 들어서 땅에 놓아야 하는데 서두른다고 재빨리 양손으로 배낭을 드는 순간!

탄성 때문에 오백이는 반대편으로 넘어가기 시작했다. 양손에 있던 가방을 던지고 재빨리 한쪽 핸들을 잡았지만 이미 무게를 감당할 수 없을 만큼 넘어간 상태였다.

어!

어!

우지끈!

아우! 된장! 고추장! 쌈장! 뭔가 부러지는 소리가 나서 잽싸게 세우고 보니 오백이 오른쪽 미러가 부러져 버렸다.

후~ 미러만 부러지면 그래도 좀 나은데 미러를 고정하는 뭉치까지 같이 부러져 버렸다.

아! 왜! 왜 하필! 왜 하필이면! 물가 끝판왕인 노르웨이란 말이냐! 이정도면 최소 얼마나 잡아야 할까? 한국이라면 아주 비싸봐야 5만 원이면 될 텐데……. 여기서는 30만 원? 40만 원? 아무리 비싼 노르웨이지만 설마 50만원은 안하겠지? 대충이라도 가늠할 수가 없네…….

그간 야영해가면서 아낀 돈이 물거품이 된다고 생각하니 뭔가 억울하다. 차라리 그냥 모텔에서 잤으면 이런 일도 없었을 수도 있는데……. 아, 억울해. 머리가 지끈지끈 아파왔다. 이럴 땐 빨리 자는 게 상책이다. 배가 고팠지만 밥이고 뭐고 애써 잠을 청했다.

아침 새소리에 눈을 떴지만 컨디션은 최악이었다. 간밤에 자다가 세 번이나 깼다. 인간이 자다가 깨는 것 중 정말 제대로 짜증나는 것 세 가지가 있다.

첫째, 자다가 배고파서 깨는 것
둘째, 자다가 시끄러워서 깨는 것
셋째, 자다가 추워서 깨는 것

이 셋 중에서 첫 번째와 세 번째 때문에 자다가 깼다.

밤새 군대에서 혹한기 훈련 할 때가 생각이 났다. 그때의 기억이 아직도 생생하다.

때는 2003년 한 겨울 새벽, 자신이 파놓은 호(구덩이)에서 사주 경계 명령을 받고 대기하는데 너무 추웠다. 너무 추워서 사람이 이렇게 동사할 수도 있겠구나 싶었던 기억. 일부러 몸을 좀 움직이려고 호에서 나와 몸을 풀다가 무심코 맨손으로 총을 잡았는데 총이 손에 달라붙었던 기억, 그게 떨어지지가 않아서 입김으로 불어서 떼어냈던 기억이 떠올랐다. 아, 된장…….

게다가 오늘은 오백이 사이드미러(일명: 더듬이)도 고쳐야 하고……. 아, 힘 빠져.

이걸 고치지 말고 물가 싼 나라까지 버텨볼까 싶어 날짜를 계산해보니 대략 10일 동안은 더듬이 없이 다녀야 하는데, 10일 동안이나 더듬이 없이 다니는 건 너무나 위험하다.

그래, 액땜했다 치자. 내 몸 안 다친 게 어디냐? 준다, 줘! 30만 원!

체념을 하자 마음이 편해졌다……가 아니라 여전히 속이 쓰렸다.

아우! 경치는 더럽게 아름답네!

그렇게 물어물어 바이크 수리점을 찾아 돌아다녔지만 작은 마을인 탓인지 쉽게 찾을 수가 없었다. 그러던 중 조그만 바이크 판매점을 발견! 혹시나 하는 마음에 물어보니 부품이 없어서 여기선 수리가 되지 않는다고 했다. 가격이 대충 얼마 정도 나오냐고 물어보니 공임비까지 하면 2, 30만 원 정도 나올 거라고 했다. 하, 진짜 비싸네.

작은 마을을 빠져나와 잠시 갓길에 정차해 있는데 한 바이커가 지나가다 말고 서서 나에게 무슨 문제 있냐고 말을 걸어왔다. 역시 바이커가 그냥 지나칠 리가 없지. 내가 지금 더듬이를 고쳐야 해서 수리점을 찾는다고 했더니 딱 한 마디로 잘랐다.

– 아주 비싸.

그 바이커는 나에게 종이와 펜을 달라고 하더니 가게 이름과 대략적인 약도를 적어주었다. 여기서 한 15킬로미터 정도가면 커다란 마켓이 나오는데, 그곳에 가면 싸고 좋은 걸 살 수 있을 거라고 했다. 자신의 바이크 더듬이를 툭툭 치며 말했다.

– 10달러.

– 뭐라고요?

난 내가 잘못 들었나 싶어서 다시 물어봤다.

– 10달러.

와~ 10달러면 만 원대인데, 나의 눈이 휘둥그레졌다.

– 오, 정말 고마워요!

웬 천사 강림이란 말인가? 난 완전 공손하고 진지하게 감사인사를 한 후 마켓으로 돌격했다.

그랬더니, 우와~ 이렇게 큰 마트도시는 처음 봤다. 정말이지 약간의 뻥을 보태서 여의도 3분의 1만한 구역에 온갖 대형마켓이 즐비했다. 완전 마켓도시였다. 천천히 둘러보니 한도 끝도 없겠다 싶어 빨리 돌아다녔는데도

바이크 타고 15분은 싸돌아다닌 후 찾아냈다.

마트 이름은 '빌테마(biltema)'. 우리나라로 치자면 철물점, 만물상인데 엄청 큰 철물점이라고 보면 된다. 정말 말 그대로 철물점. 이렇게 많은 종류의 물건을 파는 철물점은 처음 본다.

난 바로 바이크 코너로 가서 더듬이를 찾았다.

있다! 더듬이! 가격이……, 오예!

12달러 진짜 뭔가 득템한 기분이다. 아, 갑자기 기분 째지네.

이왕 사는 거 오백이 헤드라이트와 추가 침낭 그리고 간단한 공구들을 샀다. 그리고 한 시간 동안 주차장에 앉아 씨름한 결과, 짜잔! 오백이 더듬이 완성!

아따, 기분 좋다. 왠지 30만 원 번 기분이다.

이름 모를 바이커! 이 자리를 빌려 다시 한 번 땡큐 베리 감사 쏘 머치! 오백이 더듬이와 헤드라이트를 노르웨이 물가에 비교했을 때 공짜 수준으로 고친 것에 만족하면서 오늘의 야영지를 물색하다가, 정말 아름다운 호숫가를 발견했다. 그러고는 바로 텐트를 쳤다. 텐트를 치고 밥을 먹고 무심결에 호숫가를 바라보는데……

오 마이 갓!

너무 아름다워서 말이 나오질 않았다. 인터넷에서나 볼 수 있는 그런 장면이 내 눈 앞에 펼쳐졌다.

무지개의 끝을 보게 될 줄이야. 말로만 들었던 무지개의 끝을 실제로 보고 내가 직접 사진까지 찍게 될 줄이야. 너무 감동적이었다. 노르웨이! 정말이지 사람을 들었다 놨다 하는구나.

당신은 무지개의 끝을 본 적이 있습니까?

CHAPTER 15

노르웨이는 독장미

추적추적, 비가 내린다. 춥다. 정말 춥다. 쌀쌀한 날씨에 계속된 비에 양말은 물론이거니와 팬티까지 젖어버렸다. 말 그대로 전부 젖어 버렸다. 게다가 신발 안에 물이 들이차 발이 무거운 지경까지 되어버려 덜덜덜 떨면서 갓길에 잠시 정차해 신발을 벗어 물을 따라내어 버리고 양말을 벗어 물을 짜냈다.

날씨가 좋고 컨디션이 좋았다면 갓길에 맨발로 앉아있는 모습이 자유인 같아 좋아 보였겠지만, 춥고 컨디션이 좋지 않아 스스로 처량하게 느껴졌다. 그렇게 10분 정도 앉았다가 일어섰다를 반복해 봐도 도무지 체온은 올라가지 않았다. 젖은 양말을 다시 신고 싶지 않아 뒤에 묶고 맨발에 신발을 신고 다시 길에 올랐다.

– 따다다다다다! 따다다다다다!

추워서 내 이가 부딪치는 소리가 귓속을 파고들었다. 이내 온몸이 덜덜

덜 떨리기 시작했다. 결국엔 최후의 보루인 골반까지 떨려왔다. 골반이 떨리자 핸들은 물론이고 오백이까지 흔들렸다. 이대로는 위험하다. 아, 비라도 그치면 좋으련만……. 어딘가 텐트가 아닌 뜨신 물이 나오는 곳에 들어가고 싶다. 그때 마침 길가에 한 모텔이 보였다.

모텔? 저길 가? 말아?

물가 끝판왕인 노르웨이에서 모텔이라, 최소 하룻밤에 20만 원은 할 텐데……. 20만 원이면 백수 한 달 생활비에 피자가 15판, 시장표 치킨이 20마리, 게다가 지금 내 여행의 8일치 생활비가 넘는데……. 아오, 어쩌지? 좋아! 일단 들어가서 가격이라도 물어보자.

난 오백이를 모텔 앞에 세웠다. 여전히 몸이 떨려왔다. 바이크에 내려서 앉았다 일어났다 팔을 붕붕 돌리며 몸을 풀었다. 그러고는 한동안 말을 하지 않아 잠긴 목을 풀고 목소리를 가다듬었다.

– 음! 음!

덜덜 떨려오는 몸에 힘을 꽉 주었다. 문 앞에서 크게 심호흡을 했다. 일부러 힘차게 문을 열었다. 문 위에 달린 종소리가 유난히 경쾌하게 들려왔다. 저녁을 준비하는 시간이라서 그런지 꽤나 분주했다. 그중에서 제일 나이 들어 보이는 분이 싱긋 웃으면서 내게 말을 건넸다.

– 헬로.

난 인사를 한 후 하룻밤 묵고 싶다고 가격이 얼만지 물어봤다. 그 노인은 나를 바라보더니 메모지에 펜으로 숫자를 적기 시작했다.

9…… 8…… 0

980!

가만히 있어보자 우리나라 돈으로 바꾸면 얼마지? 980 곱하기 200이라…… 980을 대충 1,000이라 치면 영이 5개니까…… 일, 십, 백, 천,

만…… 시…… 십만…… 이십만 원!

역시…… 내 이럴 줄 알았어. 대략 196,000원…… 후…… 나보고 20만 원을 주고 하룻밤을 자라고? 내가? 대충 10일치 생활비를 1박에 날리라고?

아, 골치야…….

그렇다고 추운 저 바깥을 다시나가? 환장하겠네.

순간 머리가 빠르게 회전하기 시작했다. 종업원이면 마음대로 가격흥정을 할 수 없지만 이 노인은 이곳의 주인 같아보였다. 좋아 일단 말이라도 해보자. 자~ 호칭, 호칭이 중요하다 영어로 사장님을 뭐라고 하지? 보스? 아니지, 내 상사도 아니고…… 음~ 마스터! 그래 마스터라고 하자! 난 다시 목을 가다듬었다.

－ 헤이, 마스터! 바이크 좋아하시나요?

－ 물론 바이크 좋아하지.

사장이 대답했다.

－ 난 지금 바이크로 유럽일주를 하고 있어요. 텐트생활을 하면서……. 한국에서 왔습니다. 할인을 부탁드려도 될까요?

내가 말을 마치자 노인은 나를 쳐다보며 바이크가 어딨냐고 물어봤다.

내가 손가락으로 문 밖에 서있는 오백이를 가리키자 사장은 창문너머에 있는 오백이를 유심히 살펴보고는 다시 나의 얼굴을 바라보았다. 그러고는 천천히 입을 열었다.

－ 반값, 오케이?

반값? 와우! 오, 나의 왕이시여(oh my lord)! 자칫 이 말이 내 입에서 튀어나올 뻔했다. 푸하하하! 10만 원을 깎다니! 오예!

사장은 체크아웃 시간과 내일 아침 식사시간을 일러주며, 바로 옆방의 키를 주었다. 사장에게 땡큐 베리 머치를 세 번 정도 한 후 썩소를 날렸다.

사실 미소를 짓고 싶었지만 볼이 얼어서 잘 움직이지 않았다. 본의 아니게 썩소가 되어버렸다.

방문을 열자 따뜻한 공기와 새하얀 천이 덮여있는 침대가 날 반겨주었다. 그러고는 바로 오백이에 있는 짐도 내리지 않고 그 자리에서 옷을 다 벗어버리고 샤워실에 들어가 물을 뜨겁게 틀어놓고 바닥에 앉아 20여 분 동안 뜨신 물줄기를 맞았다.

– 뜨거운 물이 이렇게나 좋은 거였구나.

20분 정도가 지나자 그제야 몸이 제 컨디션을 찾았는지 덥다는 신호를 보내왔다. 그러고는 갑자기 웃음이 났다. 아무리 그래도 그렇지 내가 외국 사람도 아니고 그 상황에서 'oh my lord'가 왜 떠오른 거지? 'oh my lord'가……. 외국 영화를 너무 많이 봤구만. 하하하.

그렇게 샤워를 마친 후 전부 젖어버린 짐을 방에 꺼내놓고 방 온도를 최고로 올려 건조시켰다.

그러고는 하나 남은 내 비상식량 비빔밥에 샤워기에서 나오는 뜨거운 물을 받아서 정말이지 허겁지겁 먹어치웠다. 너무 맛있었다, 너무. 눈물이 날 정도로…….

– 하~

그제야 완벽하게 정신이 들면서 바깥 풍경이 눈에 들어왔다. 그러고 보니 길 떠나고 처음으로 사람답게 사는 숙소에 방문했네. 비 오는 날은 돈 아낀다고 너무 야영욕심 부리지 말고 사람 사는 숙소에 묵어가자. 노르웨이, 애증의 노르웨이.

노르웨이를 한 마디로 정의하자면 '독장미'. 그래, 독장미라는 표현이 딱 적절하다. 너무 아름다운데 만질 수 없는, 너무 아름다워 소유하려고 하면 내가 점점 죽어가는 그런 야생 독장미……. 그래서 평생 잊을 수 없는 노르웨이, 내 평생 잊지 못할 아름다움과 동시에 고통을 준 노르웨이. 노르웨이, 안녕…….

CHAPTER 16

이케아(IKEA)는 음식점

　　노르웨이를 탈출하듯이 빠져나와 다시 스웨덴으로 왔지만, 같은 위도 상에서 동쪽으로만 이동한 탓인지 여전히 추웠다. 하지만 비가 좀 덜 온다는 사실에 감사하며 열심히 스로틀을 감고 있는데 오른쪽에 'IKEA'라는 간판이 눈에 들어왔다.

　　- IKEA? 이케?

　　뭔가 되게 이상한 이름이네. 이케가 뭐지?

　　- 아! 이케아!

　　저것이 이케아구나. 스웨덴의 대표 가구회사 브랜드!

　　순간적으로 2주 전 만난 현선 씨의 말이 떠올랐다.

　　'여자의 로망 중에 하나는 스웨덴 이케아에 가보는 것이에요. 아! 그리고 이케아에는 핫도그가 천 원이에요.'

　　핫도그 천 원!

핫도그 천 원!

핫도그가 무려 천 원!

순간 이케아라는 간판이 '핫도그 천 원'이라는 간판으로 보이기 시작했다.

– 이케아는 무조건 가야 해!

갑자기 나의 눈빛이 살아났다. 난 주저 없이 바로 고속도로에서 빠져 이케아로 진입했다.

– 아~ 따, 크네. 뭐가 이리 큰 거여!

스웨덴은 빈 땅이 많아서 그런지 그냥 다 컸다. 그럼 핫도그 파는 코너도 크겠지? 이케아 입구에 들어서자 천장 에어커튼에서 뜨신 바람이 나왔다. 오, 좋아. 핫도그와 뜨신 바람이라……. 지금 내게 딱 필요한 것이 구만. 그렇게 한 30초 정도를 에어커튼 밑에서 몸을 녹인 후 들어갔다. 들어갔더니, 와~ 뭔 놈의 가구들이 이렇게나 많은지…… 평소 같았으면 가구에 관심이 없어 보지 않았겠지만, 그래도 살면서 이런 곳에 몇 번이나 오겠나 싶어서 찬찬히 둘러보기로 했다.

그렇게 둘러보는데…… 이건 끝이 없다, 끝. 이케아가 가구 회사인건 알았지만, 가구가 많았다. 많아도 너무 많았다. 엄청 빠른 걸음으로 싸돌아 다녔는데도 에누리 없이 30분은 돌아다녔다. 난 지금 가구 보러 온 것이 아니야! 핫도그! 내게 핫도그를 달란 말이야! 이거 이케아에 핫도그 있다는 것은 잘못된 정보 아니야? 라고 생각하며 찾고 있는데 오! 식당 발견! 식당에는 많은 사람들이 주문을 하고 있었다. 그리고 뒤를 보니 핫도그 현수막이 딱!

가격이? 와, 진짜 싸네! 이게 지금 가짜야? 진짜야? 대략 170을 곱하면 약 700원! 말도 안 돼! 이제껏 유럽에서 핫도그 제일 싼 게 3,000원 정도였는데 1,000원도 안 하다니…… 10개 사서 내일까지 먹어야겠네? 오예! 나는 여행 떠난 이후로 가장 빠른 발걸음으로 핫도그 파는 곳으로 '걸어' 갔다. 아무리 핫도그가 좋다지만 애들 마냥 고작 핫도그 하나 먹으려고 뛰어갈 순 없지!

– 헉!

근데 이런 일이! 핫도그 사려고 선 줄이…… 끝이 안보였다. 700원 짜리 핫도그 먹으려고 50분 넘게 기다릴 순 없잖아.

실망감을 안고 바로 옆 식료품마트 코너에 갔더니 핫도그가 빵과 함께 대량 포장 되어 팔고 있었다. 그러니까 이케아 핫도그는 이것을 데워서 주는 것이었다. 가격을 보니…… 오예! 싸다!

봉지 안에는 8개 정도의 핫도그 소시지가 들어있었다. 캬, 이 정도면 오늘 내일 배불리 먹겠네. 욕심 같아선 3, 4봉지 더 사고 싶지만 냉장고가 없으니 방법이 없지. 빵과 핫도그 한 봉지씩 샀다. 이 오랜만에 느끼는 든든함. 좋다, 좋아.

CHAPTER 17

오백아, 눈 좀 떠 봐!

간밤에 어느 이름 모를 지역의 현지 호스텔에서 잠을 잘 자고 조깅도 해서 그런지 에너지가 완충됐다. 날씨도 화창하겠다. 자, 이제 스톡홀름으로 떠나볼까?

– 자, 오백아! 가보자!

그렇게 출발 준비를 마치고 오백이 시동을 걸었다.

– 지~ 잉 지잉~ 지잉~ 틱!

– 어라?

– 지~ 잉~ 지잉~ 지잉~ 틱!

– 얌마! 오백아, 너 갑자기 왜 그래!

간밤에 비를 맞아서인가? 오백이가 혼수상태다. 지잉 지잉 거리는 걸로 보아 배터리 문제는 아닌 거 같고 뭐가 문제지? 점화플러그? 10분 동안 온갖 쇼를 다해봤지만 오백이는 끝내 눈을 뜨지 않았다.

– 오백아…….

하, 이거 어쩌나. 그나마 다행인건 오백이가 고속도로나 외진 시골마을
이 아닌 중소 도심지에서 기절했다는 것이다. 난 다시 호스텔에 들어가 바
이크 수리점 위치를 알아냈다. 다행히 걸어서 20분 거리에 있었다.

– 오, 다행이다.

그런데 잠깐만! 이를 어째야 하나 이 무거운 오백이를 끌고 20분을 걸어
가라고? 뒤에 짐만 없으면 이래저래 혼자 끌고 가보겠는데 짐 때문에 휘청
휘청 거렸다. 이러다가 넘어져서 오백이 다치면 일이 더 커지는데……. 바
이크는 자전거와 달리 엄청 무거워서 누군가에게 밀어달라고 하기도 미안
하고 나 같아도 20분 동안 끌고 가달라는 부탁을 받으면 수락하기 쉽지 않
을 것 같은데……. 하~

주위를 둘러봤다. 큰 마을이 아니라서 그런지 사람들이 바로 보이지는
않았다. 그러던 중 저 멀리 학생 두 명이 다가오는 게 보였다.

학생이라도 둘이라면 큰 도움이 될듯한데……. 난 지나가는 학생 둘을
붙잡고 상황설명을 하며 도움을 요청했다. 그러자 지금 학교 수업이 있어
서 빨리 가 봐야 한다고 했다. 그래, 학생이 학교 수업에 늦거나 빼먹으면
안 되지. 암, 그렇고말고.

– 오케이. 땡큐.

하고 인사를 했는데, 그중 머리가 검은 외국 소년이 오백이에 붙어있는
태극기를 보더니 내게 물었다.

– 한국에서 오셨어요?

– 네!

내가 대답하자 검은 머리 소년이 환한 미소를 지었다. 어쩌면 이리도 신
기한 인연이 있을 수가 있나? 대화를 해보니 어머니가 스위스 분이고 아버

지가 우리 한국 사람이라고 했다.

와, 순간 살짝 소름이 끼쳤다. 신기했다. 어찌 이런 우연들이 발생하는지.

소년의 이름은 론! 론은 자신과 함께 있던 친구와 대화를 하더니 도와주겠다고 했다.

– 고마워, 친구들!

양옆에 한 명씩, 뒤에 한 명 해서 우리 셋이서 오백이를 끌고 바이크 수리점으로 향했다. 어린 친구들 특유의 낯가림과 숫기 없음이 느껴져 내가 먼저 최대한 자상하게 대화를 시도했다.

– 론, 한국 가봤어?

그제야 론도 기다렸다는 듯이 이것저것 묻기 시작했다. 관광지도 아닌 이런 로컬 마을에 한국사람 만나기가 쉽지 않겠지. 난 한국에 대해 이것저것 설명해줬다. 지금 16살인 론은 대학에 가면 첫 방학 때는 반드시 혼자 한국으로 배낭 여행을 갈 거라고 했다. 그럼, 그래야지. 자신의 아버지의 나라가 궁금하지 않다면 그게 더 이상하지!

그렇게 신나게 주거니 받거니 하다 보니 어느새 바이크 샵에 도착했다. 뭔가 그냥 보내기가 아쉬웠다. 이 고마운 소년들에게 뭔가 해 주고 싶은데 뭔가 해 줄 것이 없다. 그러다가 지갑에 아직 환전하지 못한 우리나라 지폐가 있다는 것이 떠올랐다. 아버지의 나라지폐가 궁금할 수도 있을 것 같아 난 론에게 지갑에 있던 천 원짜리들을 전부 빼서 줬다. 그러자 론은 웃으며 사양했다.

– 아니야, 론! 이건 돈이 아니라 기념품으로 간직해. 한국 사람 만난 기념품. 나중에 한국 가면 이 돈을 쓰면 되잖아.

그제야 론은 기분 좋게 우리나라 돈을 받아들었다.

– 론! 나중에 한국 가면 이 돈으로 꼭 맛있는 거 사먹어야 해. 알았지?

론은 미소를 지으며 고개를 끄덕였다. 소년들은 나와 작별인사를 하자 수업에 늦었는지 뛰어갔다. 고마운 친구들, 땡큐~

아이들을 보내자마자 바로 바이크 수리점에 들어갔는데 이런, 수리점이 아니라 판매점이라니…… . 그래도 뭐 사장님이 보면 뭔가 좀 알겠지 싶어서 사장에게 오백이를 보여주며 시동이 안 걸린다고 내가 시동을 걸었는데…… .

– 부르릉!

허허허. 얌마, 오백아, 너 이러기냐? 기절해 있던 오백이가 스스로 깨어났다. 아니, 나 20분 동안 아니 30분 동안 뭐한 거니? 허탈해서 웃음이 났다. 그래도 다행이었다. 사장은 오백이 엔진음을 끝까지 들어보더니 아직 큰 탈은 없다고 괜찮다고 해 주셨다. 이왕 이렇게 된 거 점검도 좀 받고 뒷 브레이크 패드 교체도 할 겸 수리점 위치를 물으니 15킬로미터만 가면 아주 큰 수리점이 있다고 했다. 난 바로 출발했다. 오백이는 언제 그랬냐는 듯이 아주 쌩쌩하게 잘도 치고 나가준다. 가다보니 오~ 핫도그 판매점 간판이 보였다. 이야~ 스웨덴이라서 그런지 이케아가 많긴 많구나.

마침 점심시간이고 해서 주저 없이 바로 들어갔다. 어느새 난 IKEA의 포로가 되어 있었다. 하하하하. 입구로 들어갈려다가 관심도 없는 가구 구경하며 내 황금 같은 시간을 버릴 순 없지. 입구가 아닌 출구로 들어갔다. 이미 식당은 출구에 있는 거 다 안다고!

출구로 들어가니 역시나 식당이 있었다. 그 옆엔 핫도그도 있고, 핫도그 현수막을 보니 미소가 지어졌다. 점심을 먹고 나가는 길에 빵과 핫도그 한 봉지씩 충전! 든든함이 밀려왔다. 그길로 수리점에 들러 브레이크 패드도 교체하고 간단한 점검도 마쳤다.

- 오백아, 내가 신경 더 많이 쓸게. 항상 잘 달려줘서 고마워.

시간이 꽤나 지체됐다. 서둘러 스웨덴의 수도인 스톡홀름에 도착했다. 기대를 너무 많이 한 탓이라서 그런지 스톡홀름도 그냥 일반 대도시와 다를 바 없이 평범했다. 하루정도 머물면서 찬찬히 둘러보려고 했더니 그럴 필요가 없어보였다. 혹시나 싶어서 지나가는 행인에게 여기서 핀란드로 가는 배가 있냐고 물어보니 있다고 했다. 좋아. 바로 핀란드로 가자! 항구에 도착하니 차들이 줄을 서있었다. 내 뒤에서 뿌웅~ 하는 소리가 들려서 돌아보니 와우! 엄청 크네!

멋지네! 저 배 타고 가는 거야? 뭐야 배에 객실도 있나 보네? 완전 타이타닉 같은데? 이야~ 안양 촌놈 출세했네! 타이타닉 같은 큰 배도 타보고.

100

CHAPTER 18

물 위에서 하룻밤

　영화에서나 보던 타이타닉 같은 배에 탄다는 설렘에 젖어 입 벌리고 바다를 바라보고 있는데 커다란 개 한 마리가 어슬렁어슬렁 다가왔다.

　- 오~ 무슨 개가 이리 단정하게 잘 생겼지?

　- 휘익~

　개를 만지기 위해 다가가니 뒤에서 작은 휘파람 소리가 들려왔다. 그러자 개는 잽싸게 주인 곁으로 돌아갔다.

　- 오~ 말도 잘 듣네. 멋진데!

　그렇게 또 개가 매개가 되어 한 일행과 친해졌다. 그들은 얼마 전 유럽 도그 챔피언십에 핀란드 대표로 참가해 대회를 마치고 집으로 돌아가는 길이라고 했다.

　와우! 멋지다! 도그 챔피언십 핀란드 대표라니! 영광입니다!

　아무래도 도그 챔피언십 같은 개 대회는 우리나라에서는 다소 생소한지라 이야기를 듣는 내내 흥미로웠다. 물론! 다 알아듣지는 못했다. 왜? 영어는 항상 점점 더 어렵다.

고놈 참 잘 생겼다. 풍만한 튜팁과 날씬한 사무이는 부부다. 대학시절 개를 사랑하는 동아리 같은 곳에서 눈이 맞아 20대 초반에 결혼 해 벌써 10년 차를 훌쩍 넘었다고 했다. 10년차면 슬슬 소원해질 법도 한데 둘이 항상 손을 잡고 다니며 어찌나 사이가 좋던지 보는 내내 흐뭇함을 자아냈다. 그렇지 이것이 부부의 정석이지. 사무이와 튜팁 커플은 이번 대회에서 2등!

캬~ 멋지다. 멋져.

대화를 하다 보니 지루하던 기다림의 시간이 훌쩍 지나가고 어느새 탑승 시간이다. 이번에 좋은 점은 배 안에서 잠을 잔다는 점! 가격이 조금 비싸긴 하지만 좋은 잠자리와 이동이 함께 되니 일석이조다.

예약 없이 갑자기 구매한 표라서 그런지 난 2층 객실을 배정받았다. 만약에 배에 구멍이 나거나 침몰한다면 가장 빨리 죽을 수 있다는 말이다. 이야~ 이거 뭔가 진짜 타이타닉 느낌이 난다. 하하하. 상큼한 걸~

배 이곳저곳을 둘러보니 참 많은 시설이 있었다. 음식점 같은 편의시설은 물론이거니와 술집, 카바레, 심지어 카지노도 있었다. 우리는 약속했던 펍에서 다시 만났다. 덩치가 좋은 티모시가 나와 같은 바이커라서 그런지 참 많이 챙겨줬다. 우리는 맥주 한 잔씩 시켜놓고 참 많은 대화를 나눴다. 한국의 문화부터 핀란드의 문화까지……. 놀라운 건 이들도 가수 싸이를 안다는 것! 싸이, 정말 대단하다. 그러던 중 갑자기 핀란드하면 떠오르는 자일리톨이 생각났다.

– 티모시! 자일리톨 알아?

– 자일리톨? 그게 뭔데?

– 핀란드에서 잠자기 전에 먹는 껌! 휘바~ 휘바~

내가 어깨를 들썩이자 사무이가 재밌다고 따라했다. 휘바~ 휘바~

– 그래, 티모시. 휘바~ 휘바~ 자일리톨.

– 자일리톨? 몰라!

사무이, 튜팁에게도 물어보니 뭔 영문 모르는 소릴 하냐는 표정으로 고개를 저었다.

아, 한 기업의 마케팅 농간에 놀아났구나. 핀란드 인들도 모르는 자일리톨을 그렇게 세뇌를 시키다니 휘바휘바는 얼어 죽을…….

앞으로 핀란드 하면 떠오르는 수식어 중에 자일리톨은 영원히 빼야겠다. 하하하. 싸해진 분위기 전환을 위해 페이스북 친구 등록을 위해 태블릿을 꺼내주니 튜팁이 좀 봐도 되냐며 호들갑을 떨며 난리가 났다. 알고 보니 튜팁은 삼성의 광팬이었다. 싸이와 삼성을 모르는 외국인은 이제 거의 드물지 싶다. 그런데 아쉬운 건 아직 진돗개는 모른다는 점!

개 전문가들이라서 대한민국의 대표 개인 진돗개를 알 줄 알았는데 모르다니……. 일본 페키니즈 어쩌고는 잘 알더니……. 진돗개가 좀 더 힘을 내야지 싶다. 그러던 중 티모시와 사무이로부터 절망의 말을 들었다. 그건 바로 핀란드에는 빙산이 없다는 말이었다. 빙산을 보려면 핀란드 위에 아이슬란드는 가야 볼 수 있다는 것이었다. 오 마이 갓! 내가 지금 핀란드에 왜 가는데? 그럼 내 로망은? 핀란드 빙산 녹여 커피 타먹겠다는 내 로망은 어쩌라고?! 여기까지 와서 로망을 포기할 순 없잖아!

풀이 죽은 채 핀란드에서 나의 원래 로망 계획을 말해주자 티모시는 스위스 알프스 빙산이 더 낫지 않겠냐는 제안을 했다.

그래, 맞아. 유럽의 끝판왕 스위스 알프스가 있었지!

오호~ 좋아. 핀란드에서 알프스로 수정한다. 알프스 만년설 녹여 커피 타 먹기! 좋았어!

급좌절했다가 다시 확 살아났다. 단순하기는……. 흐흐흐.

그렇게 앉아서 3시간가량 떠들고는 각자의 방으로 헤어졌다. 침대에 누우니 약간의 진동이 느껴졌다.

이야~ 지금 내 등 밑으로 바다라는 말이지? 뭔가 신선하다. 산, 해변, 호숫가, 등등에서 밤을 지내 봤지만 바다 위에서 밤을 지내게 될 줄이야. 기분이 상큼하다.

다음날 아침 7시가 되자 자동으로 눈이 떠졌다. 올빼미 생활 어언 30여

년 올빼미 중에 대왕 올빼미인 내가 어쩌다가 새 나라의 어린이가 된 것이냐……. 아침 7시에 눈이 저절로 떠지다니. 여행은 올빼미를 새 나라의 어린이로 바꾸는 재주가 있구나.

난 짐정리를 마친 후 바로 배의 꼭대기로 올라갔다. 어느새 핀란드 투르크 항이라는 곳에 도착했다.

옥상에는 사무이 일행도 있었다. 사무이는 내게 앞으로 일정이 어찌 되냐고 물어왔다. 지금 당장 예약 된 곳이 없다면 자신의 집에 같이 가자는 제안을 해왔다.

고마운 사무이. 하지만 사무이의 집은 투르크 항에서 북으로 500킬로미터 정도 떨어진 곳에 있었다. 좀 애매한 상황이다. 원래 로망이 수정되기 전이었다면 바로 쌀쌀한 날씨를 무릅쓰고 따라갔겠지만, 로망이 수정된 이상 시간이 너무 지체되면 안 될 것 같기도 하고 남의 집에서 지내는 것이 불편하기도 하고 이래저래 이제 그만 남쪽으로 내려가는 것이 맞는 것 같아서 난 최대한 정중하게 감사의 표현을 하며 내 루트를 설명하고 그들과 아쉬운 작별인사를 했다.

티모시는 나중에 에스토니아에 가게 되면 바이커들의 아지트인 알렉산드리 펍에 꼭 가보라고 추천도 해줬다. 티모시, 사무이, 튜팁. 정말 고마워. 페이스북에서 만나~ 안녕!

CHAPTER 19

발트 3국으로

티모시 일행과 헤어진 후 핀란드에 온 김에 헬싱키를 둘러봤지만 헬싱키는 그냥 아무런 감흥이 없어서 바로 에스토니아로 출발!

핀란드와 에스토니아는 완전히 떨어진 대륙이기 때문에 육로가 없어서 반드시 배나 비행기를 타야만 했다. 홀몸이 아닌 난 주저 없이 배를 선택해 또 다시 배에 탑승했다. 배는 2시간 30분 정도 걸려 금세 에스토니아에 도착했다. 에스토니아를 검색해보니 수도 탈린의 구시가지가 유명하다고 나와 탈린의 어느 호스텔에 짐을 풀고 구 시가지를 싸돌아다녔다.

그러던 중 티모시가 에스토니아에 가면 꼭 바이커들의 아지트인 알렉산드리 펍에 가보라고 했던 말이 떠올랐다. 다음날 아침 일찍 알렉산드리 펍이 있는 페르누로 출발!

탈린을 벗어나자 수도의 세련된 모습은 온데간데없고 개발도상국 같은 모습으로 개발이 한창 진행 중이었다. 여기저기 도로 놓고 건물 올린다고

길이 아주 정신이 없을 정도였다. 도로에 구덩이를 이리저리 피해가며 페르누라는 도시에 입성하자 그제야 사람 사는 느낌의 마을이 나왔다. 30분 정도 헤맨 끝에 드디어 알렉산드리 펍에 도착!

오호~ 이곳이 바이커들의 아지트이자 성지란 말이지?

일단 들어가니 실내에 바이크 한 대가 눈에 들어왔다. 그리고 천장이며 벽이며 할 것 없이 온통 바이크 관련 소품으로 인테리어를 꾸며 났다.

사장은 나와 나의 바이크를 보더니 반갑게 맞아주었다. 그런데 아쉽게도 너무 일찍 왔다고 했다. 시계를 보니 오후 1시. 가게는 이제 막 문을 열었는지 종업원들은 이리저리 분주하게 움직이고 있었고 기대했던 것만큼의 분위기는 아니어서 펍에서 대충 점심을 먹고는 다음을 기약한 채 라트비아로 향했다.

라트비아에 입성하자, 오예~ 또 찾아냈다! 멋들어진 자연! 저기 보이는 게 바다지? 이번 여행에서 난 내 숨겨진 재능을 한 가지 발견했다. 그건 바로 멋진 해변 강변 찾아내기다.

탁 트인 해변을 보자 그동안 도시에서 찌들었던 스트레스가 한방에 뻥 하고 뚫렸다. 난 말이야, 이런 자연이 제일 좋아! 이런 자연에 사람이 없으면 더욱 좋고! 오늘은 무조건 여기서 야영이다! 캬~ 환상적인 모래톱 발트 해 모래톱이라니…….

텐트를 다 치고 해변에 앉아 발트 해를 바라보았다. 눈을 감으면 발트 해에 비친 태양빛이 눈꺼풀 위에 살포시 앉아있는 느낌이 너무나 따스했다.

요즘 들어 여행에 대한 생각이 바뀌고 있다. 여행 중반부가 넘어가는 시점. 모든 것에 감흥이 조금씩 사그라지는 시점. 예상치도 못한 권태감이 찾아왔다.

여행이라면 무조건 좋아서 평생이라도 세상을 떠돌면서 살 수 있을 것 같다는 생각……. 그 근본이 바뀌고 있다.

여행은 돌아갈 곳이 있기 때문에 여행이다. 돌아갈 곳이 있다는 것……. 그동안 나름대로 세상을 이리저리 싸돌아다녀보고 장기간 집도 비워 보고 했지만 돌아갈 곳이 있어서 행복하다는 생각은 해 보질 못했다. 아니, 정확히 말하자면 안돌아가도 그만이라는 생각이었다.

하지만 돌아갈 곳이 있다는 것이 이렇게 한사람에게 버팀목이 되고 큰 힘이 된다는 걸 뼛속 깊이 느끼고 있다.

나의 집.

나의 가족.

나의 친구.

그리고 나의 어머니…….

해변을 배회하면서 많은 생각을 정리했다.

나의 길.

나의 여행.

나의 역사.

그리고 나의 삶.

한국에서의 치열한 삶, 그리고 무한 경쟁…….

행복이 무엇인지도 모른 채 타인의 부러움을 행복이라고 착각하며 자신을 세뇌시키며 온갖 허세로 자신을 치장하고, 정작 자신의 삶의 쉼터도 목적지도 모른 채 남들이 달리는 것에 불안을 느껴 그냥 따라 달리는 삶이 역겨워서…….

4년 전! 난 내 삶의 일시정지 버튼을 누르고 깊은 어둠속으로 들어갔다. 그 어둠속에서 너무나도 힘들게 찾아낸 본연의 나는, 울고 있었다. 너무도 서럽게…….

그때부터였다. 내가 가지고 있는 모든 감정들을 천천히 끄집어내 하나하나 자세히 들여다보기 시작했다.

과연,

나는 무엇을 좋아하는가.

나는 무엇을 싫어하는가.

나는 무엇을 잘하는가.

나는 무엇을 못하는가.

그리고 나는, 무엇을 두려워하는가.

나는 그동안 왜 한 번도 진실로 나를 제대로 마주한 적이 없었나.

왜?

본연의 나와 대화를 해 본 적이 없었나.

아이가 처음 걸음마를 배운 듯 조급하지 않게 천천히 그렇게 처음부터 다시 쌓아나갔다.

그렇게 3년,

수없이 나눈 내 자신과의 대화를 통해 난 이제 내가 좋아하는 것과 싫어하는 것 두려워하는 것을 안다. 그리고 난 나의 꿈과 앞으로 살면서 이루어야 할 목적과 로망을 찾아냈다.

역사……

한 인간의 역사……

지금까지 수많은 인연을 만나 나의 역사에 그들을 새기고 나 또한 그들의 역사 한 페이지에 새겨진다.

이번 여행은 나의 역사에 로망을 새기기 위한 여행. 꿈을 이루기전 나의 역사에 로망을 새기는 여정. 여행의 권태감이 찾아오는 시기. 여행의 목적을 잊어선 안 된다.

이제 더 이상 세상이 멋대로 정의한 규칙과 성공은 내게 중요하지 않다.

나 스스로 정의한 성공, 내가 결정한 자유로움으로 살아갈 것이다.

'나를 최선을 다해 가지고 놀다가 때가 되면 거침없이 나를 내려놓는 것!'

이것이 내 삶의 정의다.

난 느슨해진 나의 열정에 다시 생기를 불어넣었다.

아자! 아자!

CHAPTER 20

작은 다방

라트비아 수도 리가를 거쳐 리투아니아 국경을 넘자, 앙증맞고 예쁜 카페를 발견했다.

카페라기 보단 다방이랄까? 이런 곳을 올 때면 뭔가 기분이 상큼하다. 관광객이라곤 코빼기도 보이지 않는 현지인을 상대로 한 마을 다방.

그러니까 비유하자면 이런 거다. 외국인이라고는 거의 찾아볼 수 없는 안양 어느 외곽에 웬 외국인 여행자가 바이크에 짐을 덕지덕지 싣고 요즘 유행하는 커피 전문점이 아닌 다방에 온 것이라고 해야 하나? 기분이 참 묘하다. 설레는 마음을 안고 천천히 문을 열고 들어서자 은은한 커피 향과 오랜 된 목재에서 나는 나무 향이 내 후각을 자극하며 반겼다.

왼쪽 구석에는 한 노인이 신문을 보다가 나와 눈이 마주치자

미소를 지어보였다. 빈자리에 앉자 주인으로 보이는 동유럽 특유의 다소
억세 보이는 날씬한 외모에 갈색머리의 40대 여성분이 나에게 미소와 함께
메뉴판을 건넸다. 참 묘한 기분이다. 마치 90년대 영화의 주인공이 된 기분
이다.

난 자연을 최고로 좋아하고 자연 다음으로는 이런 계획되지 않은 길의
시골 마을에 관광객 상대가 아닌 현지인을 상대로 한 로컬가게를 정말 좋
아한다. 모르긴 몰라도 여사장도 살짝 놀라는 눈치다. 아마도 개업이 후 첫
한국 손님이지 싶었다.

가격도 1유로! 이 조그맣고 예쁜 커피 한 잔이 단돈 1,500원 정도라니! 원
래라면 성격이 급해 한두 번 만에 원샷을 했겠지만 최대한 이 다방에 앉아
있고 싶어서 어울리지 않게 홀짝홀짝 천천히 음미 하면서 마셨다.

커피숍을 나와 뒤에 마당으로 가자 마치 당장이라도 텔레토비라도 어디
선가 나올 것 같이 예쁘고 아름다웠다. 이런 곳에서 하룻밤 묵어가면 참 좋
을 텐데······.

CHAPTER 21

총의 절규

열심히 달려 리투아니아의 수도 빌니우스에 도착해 주변을 둘러본 후 가격이 싼 2층짜리 호스텔을 숙소로 잡았다. 나는 샤워를 마치고 머리를 말리며 오랜만에 외국 밤거리를 싸돌아다닐 생각을 하며 들떠있었다. 그때였다.

탕!

탕!

탕!

헉! 이거 총소리잖아.

나는 본능적으로 자세를 낮추고 최대한 창문에서 떨어졌다. 소리가 굉장히 가까웠다. 2층이었던 내 방 바로 아래 골목에서 소리가 들려왔다. 심장이 빠르게 펌프질하기 시작했다.

탕! 탕! 탕! 탕!

총소리는 20발도 넘게 들려왔다. 그러고는 한 남자의 알아들을 수 없는 절규가 시작됐다. 남자의 혼잣말인지 아무런 대구의 소리는 들리지 않았다. 바로 밑에 세워둔 오백이 때문에 창밖을 내다보고 싶은 마음이 굴뚝같았지만 군대를 다녀온 사람이라면 총의 무서움을 알기에 침대에 가만히 누워 있었다. 그리고 다시 10발 정도의 총소리가 더해졌다.

　탕탕탕탕탕탕탕……!

　전부해서 대략 30발 정도 쏜 듯했다. 그러나 다행히도 총소리 뒤에 별다른 비명이나 2차적인 파괴 음은 들리지 않았다. 천천히 고개를 들어 시계를 보니 밤 10시를 가리키고 있었다. 그렇게 10분 동안 가만히 누워 있었다.

　골목은 쥐 죽은 듯이 조용했다. 심지어 시간이 지났는데도 불구하고 경찰차는 오지 않았다. 천장을 보며 누워있는데 긴장을 한 탓에 동공이 확장되었는지 유난히도 천장이 가까워 보였다. 기분이 참 묘했다. 이곳 사람들에게 이런 일은 자연스러운 일인건가? 왜 아무도 경찰에 신고하지 않았을까? 그리고 총을 쏜 사람은 무엇이 그리 슬퍼 허공에다 30발 가량 되는 총알을 난사한 것일까?

　군대에서 주특기가 M60기관총이었기 때문에 사격을 많이 해 봤지만 총이 우는 것처럼 들리기는 이번이 처음이었다. 마치 총이 절규라도 하는 것처럼…….

CHAPTER 22

바이크 여행의 맛과
낭만에 대하여

숙소비가 저렴하여 하루 정도 더 있으려고 했지만 간밤에 사건 때문에 아침이 되자마자 탈출하듯이 빌니우스를 빠져나와 폴란드로 향했다.

빌니우스에서 멀어져 시골마을이 나오자 그제야 마음속에 평온이 찾아 왔다. 콧구멍을 최대한 벌리고 크게 숨을 들이쉬자 가을향기들이 바람에 섞여 내 코털을 잡고 흔들어 댔다.

– 동유럽의 가을이라……. 좋다, 좋아.

요즘은 좀 헷갈린다.

난 여행을 좋아하는 건가?

야영을 좋아하는 건가?

아니면 바이크로 달리는 것을 좋아하는 건가?

음~ 셋 중에 제일 좋아하는 것을 고르라고 했을 때 딱히 하나를 집어 말 할 수 없는 걸 보면 셋 다 좋아하는 것이 분명하다. 난 여행이라면 평생 바이크 일주를 해야 할 팔자인가 보다.

정말이지 이렇게 뻥뻥 뚫린 도로를 하늘을 보면서 달리면 마치 하늘을 나는 듯한 착각이 들곤 한다. 그리고 이렇게 멋진 배경을 만나 기분이 한껏 업 될 때는 나도 모르게 노래를 하게 된다. 그것도 내 목소리 최대치로 말이다. 그러다 보니 모르긴 몰라도 내가 아는 노래는 거의 다 불러본 듯하다. 그중에서 가장 많이 부른 노래는 최백호의 '낭만에 대하여'!

캬~ 최백호의 다른 노래는 그다지 끌리는 것이 없는데, 이 노래는 왜 이리도 입에 착착 감기는지……. 특히 '그야말로~ 옛날식 다방에 앉아~ 도라지 위스키 한잔에다~ 색소폰소리 들어보렴' 이 부분을 부를 때면 장면이 상상되곤 한다. 가수 최백호도 분명 낭만을 아는 게 틀림없다. 낭만을 아는 남자라면 그는 멋쟁이.

CHAPTER 23

폴란드라니

열심히 달리다 보니 어느새 폴란드에 입성했다. 좌우로 펼쳐져 있는 숲 속에 나있는 도로와 멋들어지게 정렬된 나무들 사이를 달리다 보니 마치 밀림으로 들어가는 모험의 시작 같은 느낌이 들었다.

– 이야~ 폴란드. 예쁘네, 예뻐.

이젠 완전히 적응이 됐는지 인터넷을 보지 않아도 나라별 물가 계산법을 터득했다. 그건 바로 주유소!

비교적 물가가 싼 나라는 휘발유가 리터당 2천 원 초반, 비싼 나라는 중후반대. 참고로 노르웨이는 3천 원이 넘었다. 우웩.

폴란드의 주유소에 들러 가격을 보니 리터당 2,100원대!

–오, 폴란드는 물가가 싼 편이구나. 이런 데서는 밥값을 아낄 순 없지!

주유소 옆에 식당을 발견하고 우선 입구에 비자카드 스티커가 붙어있는지부터 확인했다. 여행 초반엔 유럽 대부분 유로가 통용되는지 알고 환전해서 다니다가 몇몇 나라에서는 유로를 받지 않는 애매한 상황이 발생되곤 하여 그냥 신용카드를 쓰는 게 제일 만만하다는 걸 터득했다.

메뉴를 보니 히야~ 아무리 관광객이 안 오는 곳이라지만 영어라곤 코빼기도 볼 수 없다. 게다가 직원은 땡큐 소리 이외에는 알아듣지 못했다. 이럴 땐 오감을 총동원하여 찍는 수밖에 없다.

고기! 고기! 고기! 지금 내겐 고기가 필요하다.

'pork' 라는 단어와 'meat', 'beef' 라는 단어와 비슷하게 생긴 철자가 들어간 메뉴를 골라야 한다.

– 오케이, 이거!

감으로 대충 'pork' 라는 단어와 비슷하게 생긴 철자가 들어간 메뉴를 찍었다. 그리고 10분을 기다린 결과!

짜잔~

성공했다! 정말이지, 너무 너무 너무 맛있었다. 돼지고기인데, 그 뭐랄까 햄 같은 돼지 살코기를 칼로 크게 썰자 우아하고 깊은 육즙이 베어 나왔다. 얼마만이냐, 이런 아름다운 요리가! 아, 맛있다! 지금까지 여행 중에 사먹은 음식 중에 가장 맛있었다. 게다가 더 놀라운 건 가격이 단돈 5천 원 정도! 캬, 감동이야~ 근데 스프라이트는 2천 원! 탄산음료는 좀 자제해야겠다.

<반드시 봐야할 관광지>

● 비엘리츠카 소금광산

● 아우슈비츠 수용소

폴란드에 방문하게 되면 소금광산과 아우슈비츠 수용소는 꼭 방문하길 바란다.

CHAPTER 24

체코의
시골 축구장에서 하룻밤

아우슈비츠 수용소. 아우 소리가 저절로 나오는 곳이 틀림없다. 약간의 정신적 데미지를 입었는지 두통이 잘 안가시네. 머리가 지끈지끈하다.

자! 자!

이제 그만 안 좋은 기분은 떨쳐 버리고, 출발해볼까? 소금광산과 아우슈 비츠도 봤겠다, 체코로 가보자! 체코 하면 떠오르는 것은 역시! 프라하의 연인! 그 말로만 듣던 프라하로 가야지.

열심히 달려 체코 동쪽 끄트머리에 있는 어느 작은 도시에 입성했다. 마을이 작고 아담하니 예뻐서 이리저리 구경을 하다 보니 벌써 해가 퇴근 준비를 시작했다.

헉! 이거 어두워지기 전에 잘 곳을 알아봐야 하는데……. 10월이 넘어서 인지 점점 해가 빨리 퇴근을 한다.

30분을 넘게 주변을 싸돌아다녔는데도 텐트 칠 곳도 마땅치 않고 호스텔도 잘 검색되지 않았다. 호스텔 한 개가 검색됐지만 방은 이미 풀! 밖으로 나왔더니 해는 이미 하루 일과를 정리하고 커튼을 내렸다. 어둠이 짙게 깔렸다. 호텔은 좀 비쌀 텐데……. 아, 거 참 애매하네. 그러던 중 구글 맵에 커다란 축구장 하나가 눈에 들어왔다. 오, 딱 좋아! 일단 들어가 보자. 입구만 안 잠겨 있으면 축구장 구석에서 자고 아침에 바로 떠야지.

5분간 달려갔더니 다행히 축구장 문은 열려있었다. 그런데 축구장에는 머리에 소형 랜턴을 끼고 삼삼오오 모여 아직도 축구 연습하는 사람들이 있었다.

– 어쩐다, 이거……. 기다려야 하나…….

그러고 있는데 저 멀리 축구장 구석에 매점이 눈에 들어왔다. 가까이 보니 매점 안은 불이 켜져 있었고 주인으로 보이는 여성분이 분주하게 마감을 하고 있었다.

– 여기다가 텐트를 쳐도 될까요?

내가 묻자 여성분은 온화한 미소를 띤 채 생전 처음 듣는 언어를 구사했다. 영어를 전혀 못하시는 것 같았다. 이럴 땐 방법이 딱 하나밖에 없다.

그건 바로 '슈퍼 울트라 천천히 동작 큰 퓨어 바디랭귀지'

난 손으로 텐트 모양을 만들고 텐트 치는 시늉을 하며 손을 모아 잠을 자는 시늉을 했다. 여성분은 나를 보더니 웃으셨다. 오~ 알아듣는다! 좋아! 좋아! 웃는다는 것은 일단 긍정의 신호로 봐도 좋다는 소리다. 다시 한 번 텐트 치는 시늉을 하며 손가락 검지와 엄지로 OK 모양을 만들고 물어보자 여성분은 웃으면서 하늘을 가리키며 알아들을 수 없는 언어와 함께 단호하게 손을 가로저었다.

헉, 뭐지 이런 반응은……. 내가 1분 동안 생전 잘 하지도 않는 몸짓으로 그렇게 열심히 했건만……. 그렇게 실망하고 있는 찰나, 자신의 매점 바로 앞 간이건물 안 테이블이 있는 공간을 손으로 가리키며 고개를 끄덕이며 미소를 지어보였다.

오~ 대충 손짓 발짓으로 통역을 하자면 비가 오니 축구장은 안 되고 비를 피할 수 있는 이곳에 텐트를 치라는 뜻이었다.

와우~ 이런 멋진 마담을 봤나!

난 내일 아침 일찍 간다는 바디랭귀지를 전달한 후 진심이 담긴 감사인사를 하고 텐트를 치기 시작했다. 그렇게 열심히 텐트를 치고 있는데 마담은 나를 부르더니 뭔가를 내밀었다. 그건 바로 햄버거였다.

와~ 진짜 너무 감사했다. 안 그래도 후딱 텐트치고 라면이나 하나 끓여 먹으려고 했는데……. 체코가 원래 이렇게 인심이 후한 나라였던가? 체코의 첫인상은 일단 백 점 만점에 백 점!

CHAPTER 25

할머니는 세상 공통

아침이 되자 저절로 눈이 떠졌다. 조금이라도 장사에 방해되면 안 되지. 후딱 정리하고 뜨자! 아침에 본 축구장은 넓고 고요했다.

텐트를 접고 있는데 할머니 한 분이 내 쪽으로 다가오시더니 인상을 쓰면서 오백이를 천천히 뜯어보기 시작했다. 이곳 관계자인 듯 보여 빨리 나가려고 더 서두르는데 내게 먼저 말을 건넸다.

– @#$@%@#%%$#@?

역시 전혀 알아들을 수 없는 말이다. 이럴 때 내가 할 수 있는 거라곤 최대한 밝게 미소와 함께 인사를 건네는 것뿐이기에 인사를 건넸더니 또 전혀 알아들을 수 없는 말을 하셨다. 서둘러 나가야겠다 싶어서 더 서두르는데 할머니는 갑자기 자신의 손을 모아 얼굴에 갖다 대며 세수를 하는 몸짓을 취하셨다. 내가 따라하자 할머니는 웃으면서 고개를 끄덕였다. 그러고는 한 건물을 가리켰다. 내가 따라서 건물을 가리키자 웃으면서 고개를 끄덕였다.

　대충 해석하자면 축구장 건물 화장실이나 샤워장에서 세수하라는 것 같은데……. 난 다시 한 번 세수하는 흉내를 내자 할머니는 웃으면서 자신을 따라오라고 하셨다.

　안 그래도 좀 씻었으면 했는데 잘됐다 싶어서 감사인사를 하며 할머니를 따라 들어갔더니……. 기숙사 내 화장실이 아니라 축구장 건물에 딸린 자신의 집에 초대를 해주셨다.

　아, 할머니……. 방금 본 이방인을 자신의 집에 초대까지 해주시다니…….

　난 감사하는 마음에 누가 될까 싶어 후딱 세수를 하고 나왔더니 할머니는 모닝커피까지 주셨다. 난 좀 더 감사의 마음을 담아 초 울트라 동작 큰 퓨어 바디랭귀지 감사인사를 하며 커피가 정말 맛있다고 했더니 할머니는 많이 웃어주셨다.

　할머니는 벽에 걸린 달력을 들고 내게 보여주며 오늘 날짜와 내일 날짜를 가리키며 양손을 포갠 후 자신의 뺨에 갖다 대며 자는 시늉을 하시며 자신의 침대를 가리켰다.

헉! 자고 가라고요? 내가 할머니의 몸짓을 따라하자 웃으시며 고개를 끄덕이셨다.

아, 할머니…….

이제 만난 지 15분도 채 되지 않은 이방인한테 이런 친절을 베풀어주시면 어쩌십니까요.

정말 진심으로 감사했지만 말도 전혀 안통하고 내가 좌불안석이 되어 불편해 하면 서로 불편해질까봐 정중하게 죄송하다고 말씀드리며 빨리 가야 한다는 몸짓을 하자 할머니는 달력 한쪽에 붙어 있던 자신의 사진을 떼서 주셨다.

할머니는 세상 공통인가 보다. 나의 할머니 생각이 났다. 나의 하나밖에 없는 할머니. 외손자임에도 불구하고 날 많이도 위해 주셨던 할머니. 울컥하고 올라오는 감정을 애써 추스르며 떨어지지 않는 발걸음을 억지로 떼었다.

체코 사람들, 정말 좋구나.

CHAPTER 26

체코에서 만난 불새

할머니와 여사님의 배려로 따뜻해진 심장을 안고 프라하로 향했다. 가는 길에 정말 아름다운 언덕을 발견했다. 컴퓨터 바탕화면에나 나올법한 그런 언덕 말이다.

- 와, 뭐가 이렇게 넓고 아름다워?

푸른 초원을 감상하며 달리고 있는데 직접 만지고 누워보고 싶어졌다. 그리고 때마침 위로 올라가는 길이 보였다. 이럴 땐 고민할 필요 있나? 가는 거지! 천천히 오백이를 타고 언덕 위로 올라가자,

와~ 푸른 초원으로 이루어진 지평선이 한눈에 들어왔다. 옅은 안개하며 그사이를 뛰어노는 고라니하며……. 마치 내가 자연인이 된 것 같았다. 사방팔방 소리를 질렀다. 그리고 난 언덕 위에서 바지를 내리고 사방에 오줌을 갈겼다. 내가 오줌을 눈 건 단 10초 만이라도 인간을 내려놓고 아무 곳

에나 배설을 하는 사슴이나 호랑이 같은 동물이 되어 자연의 일부가 되고 싶다는 나만의 의식이었다.

마침 하늘엔 불새 한 마리가 날고 있었다. 하늘의 불새를 보는데 어찌나 아름답던지…….

넋이 나간 채 멍하니 바라보았다. 자유로움으로 가슴이 꽉 차는 느낌, 푸른 초원 위에 한 마리 동물이 된 느낌, 말로 이루 다 설명할 수 없는 느낌…….

난 큰소리로 외쳤다.

– 나는 자연인이다!

CHAPTER 27

일촉즉발 폭풍전야 · 1

눈썹 휘날리게 달려 드디어 프라하에 도착, 시계를 보니 시간은 오후 3시를 가리키고 있었다.

– 후딱 짐 풀고 싸돌아다녀야지!

일단 도시에 왔으니 텐트를 치긴 애매하고 호스텔로 가볼까 싶어서 와이파이를 얻기 위해 맥도날드에서 커피 한 잔을 주문했다. (참고로 유럽 대부분의 맥도날드는 와이파이를 무료로 제공한다.) 구글 맵을 켜니 프라하에 10여 개가 넘는 호스텔이 검색됐다.

– 아따 누가 관광도시 아니랄까봐 호스텔이 겁나게 많네!

시간도 넉넉하겠다. 가까이 있는 호스텔부터 가보자! 난 프라하 볼 생각에 들떠 기분 좋게 가장 가까운 호스텔에 들렀다.

– 헬로~ 방 있나요?

– 예약 하셨나요?

– 아니요. 안했는데요.

– 쏘리. 그럼 안돼요. 방 다 찼어요.

음. 방이 없군. 다음 호스텔.

– 헬로~ 방 있나요?

– 아니요. 방 다 찼어요.

다음!

– 방 있나요?

– 쏘리.

다음!

– 방 있나요?

– 쏘리.

다음!

– 쏘리.

다음!

– 쏘리, 쏘리…….

그렇게 7개의 호스텔과 3개의 호텔에서 차였다.

그때서야 깨달았다. 내가 있는 지금 이곳은 관광객 많기로 지구에서 열 손가락 안에 든다는 그 유명한 도시 프라하라는 것을…….

프라하가 내게 말하는 것 같았다.

– 감히 나에게 오면서 예약도 안하고 오다니!

내가 언제 예약하고 싸돌아 댕기는 사람이냐고! 아우! 열 받아!

시계는 6시를 가리키고 있었다. 그러니까 난 3시부터 6시까지 3시간

동안 오백이를 타고 싸돌아다니면서 헛짓거리를 한 것이다.

아니다. 헛짓거리는 아니었다. 프라하 시내를 3시간 동안 구경했다고 애써 합리화 했지만, 뭔가 짜증과 도시에서 받았던 스트레스가 섞여 불쾌지수가 가슴 깊은 곳부터 스멀스멀 올라오기 시작했다.

우~ 오~ 우~ 오~

마음속에서 오랜만에 킹콩이 깨어나 요동치기 시작했다.

자, 자, 릴렉스! 릴렉스! 화내면 나만 손해야!

지금 내겐 자연이 필요해! 자연! 내게 자연을 달라!

욱 하고 올라오는 감정을 애써 추스르고 다시 구글맵을 켜니 프라하 중심부에서 10킬로미터 정도 떨어진 곳에 작은 호수가 검색됐다.

- 좋아! 해도 저물어가고 호숫가에 텐트 칠 곳이 있겠지. 호숫가에 비친 달빛 감상하면서 오늘은 프라하의 달빛을 벗 삼아 함께 잠을 자자!

난 해가 언제 질지 몰라 눈썹 휘날리게 달려 10킬로미터를 10분 만에 주파했다.

호숫가에 도착하자,

- 캬~ 역시 이거지, 이거.

콧구멍을 최대한 열고 폐 깊숙이 주변 공기를 흡입했다. 그제야 마음이 천천히 안정되기 시작했다. 얼굴에 다시 핏기가 돌고 눈빛이 온화해졌다. 그때였다.

- 탕!

느슨해졌던 동공이 다시 조여들며 본능적으로 몸을 숙였다.

헉! 이거 총소리 같은데? 10초 동안 가만히 그 자리에서서 동작을 멈추고 청각에 모든 신경을 곤두세웠다. 아닌가? 그냥 뭔가 터지는 소리였나?

다시 주변을 돌아보자 텐트 칠 곳이 눈에 들어왔다.

– 그렇지 이거지! 이야~ 사람도 없고 완전 한적하니 좋네!

– 탕! 탕!

– 헉! 이건 총소리다!

다시 몸을 숙였다. 총소리가 확실했다. 총소리를 들으니 얼마 전 라트비아 생각이 났다. 천천히 총소리가 나는 곳으로 이동을 해보니 한 할아버지가 총으로 오리사냥을 하고 있었다.

어깨에 총을 메고 사냥을 하고 있는 할아버지와 사냥개

나 참. 이게 뭐야, 이게……. 아니, 여기가 시골도 아니고 체코의 수도 프라하에서 지금 사냥 한다고 총질을 하는 게 지금 이 상황이 정상인거야? 어이가 없어서 웃음이 나왔다.

난 할아버지에게 다가갔다. 그랬더니 할아버지는 나에게 손짓을 하기 시작했다. 무슨 말인가 싶어서 가까이 갔더니 나보고 빨리 자신을 지나가라는 손짓과 함께 언성을 높인 채 알아들을 수 없는 말을 하셨다.

대충 분위기를 짐작컨대 오백이 엔진 소리에 오리가 놀라서 도망간다고 나보고 이곳에서 나가라고 하는 것 같았다. 가긴 이 시간에 어디를 가라고…….

어차피 시간도 없겠다. 이렇게 된 이상 안쪽으로 더 깊숙이 들어갔다. 들어가 보니 내 키만한 누런 갈대밭이 나왔다. 하하. 여긴 만약에 사람이 죽어도 발견도 못하겠네. 좋다! 이곳이 텐트치긴 딱이네!

오백이를 타고 갈대 속으로 조금 더 들어가 갈대를 발로 밟아 눕힌 후 조그만 공간을 만들고 그 위에다가 텐트를 치기 시작했다.

– 탕! 탕!

또 총소리가 났다. 난 본능적으로 자세를 낮췄다. 내가 살다 살다 오발탄에 맞을까봐 자세 낮추고 텐트치긴 처음이네.

– 탕!

또 총소리가 났다. 자세를 낮추며 텐트를 치는 이 상황이 웃겨서 나도 모르게 웃음이 났다.

– 하하. 그래, 이것도 추억이다, 추억이야.

부랴부랴 텐트를 다 치고 보니 더는 총소리가 나지 않았다.

– 이제 갔나 보네.

해는 거의 다 져서 어둑어둑해졌다. 편의점에서 이것저것 주워 먹었더니 배는 별로 고프지 않아 호숫가를 보기 위해 내 전용 의자를 손에 들고 갈대밭 밖으로 나왔다. 하루를 시작하는 달님이 유난히도 크고 맑아보였다.

천천히 주변을 둘러보는데 갈대밭 구석에 사람 한 명 정도가 다닐 수 있는 폭의 길이 나 있었다.

– 어라? 아까 봤을 땐 길이 없었는데…….

난 자석에 이끌리듯 구석 갈대밭으로 가서 찬찬히 살펴보았다. 길이라기보단 사람들이 자주 들락거리는 탓에 갈대밭이 누워서 만들어진 길이었다.

천천히 길을 따라 들어갔다. 길은 길게 이어져 있었다. 그리고 길은 누군가 자주 앉았던 흔적으로 조그마한 공간이 만들어져 있었고 술병들이 여기 저기 뒹굴고 있었다.

개미굴처럼 조금 더 길을 따라 들어가자 이번엔 이런저런 많은 여행 가방들이 죄다 입을 벌린 채 여기저기 흩어져 뒹굴고 있었다.

- 어라? 뭔가 좀 안 좋은데…….

그리고 좀 더 들어가자, 이내 난 눈이 번쩍 떠졌다. 거기엔 여자 속옷과 옷가지들이 여기저기 널브러져 있었다.

- 헉!

나의 짐작이 맞는다면 이곳은 양아치들의 놀이터! 그들의 본부다!

- 젠장! 젠장! 젠장!

게다가 성범죄까지 저지르는 놈들이라면 평범한 양아치들이 아니다. 악질이다!

후~ 나도 모르게 깊은 한숨이 나왔다. 난 텐트로 돌아왔다. 갑자기 머릿속이 복잡해졌다. 다른 곳으로 갈까? 해가 져버려서 지금은 텐트 접기도 그렇다고 다시 치기도 애매한데……. 텐트를 치기 전에 주변을 좀 더 둘러볼 것을……. 아우, 어쩌지?

정말 오랜만에 머릿속에 모든 뇌세포 하나하나가 잠에서 깨어 풀가동하기 시작했다.

아오! 모르겠다. 깜깜해서 텐트 접기도 힘들고 이동하기도 힘들잖아. 게다가 오늘은 양아치들이 안 올 수도 있는 거잖아! 그래, 그래. 만약에 온다고 해도 갈대밭 안에서 쥐 죽은 듯이 소리 안 내면 있는 지도 모를 테고 오늘은 쥐 죽은 듯이 시체처럼 조용히 자다가 내일 날 밝으면 바로 뜨자.

그랬다. 양아치들이 온다고 해도 일단 갈대밭 안이고 어두워서 잘 보이지도 않으니 오백이와 텐트만 그들 눈에 안 띄면 되는 것이었다.

　결정을 하자 다시 마음이 차분히 가라앉았다. 텐트에 가만히 눕자 텐트 천장에 바르게 박음질 되어있는 실밥들이 유난히 눈에 크게 들어왔다.

　– 진짜 다이내믹 체코구만. 하하하. 정말 별별 일들이 다 있네. 총 맞을까 봐 자세 낮추고 텐트를 치질 않나. 양아치 소굴에 오질 않나. 하하하.

　30분 정도 되자 슬슬 잠이 왔다. 그래도 오길 잘했네. 조용하니 달도 밝고 운치 있고 좋네.

　그때였다. 저 멀리서 사람 목소리가 들렸다. 잠이 확 달아났다. 반사적으로 상체를 일으켜 세워 앉았다. 목소리는 점점 더 가까워졌다. 고요하던 심장이 빠르게 펌프질하기 시작했다.

　목소리는 점점 더 가까워지더니 내가 있는 곳 20미터 앞 부근까지 왔다. 소리를 듣기 위해 숨을 참았다. 다행히도 사람들의 목소리는 더 이상 가까워지지 않았다. 들려오는 대화 속에서 가만히 귀를 기울였다. 두 개의 목소리가 들리는 것으로 보아 두 명만 있는 듯 했다. 뭐가 웃긴지 서로 이야기하면서 열심히 웃고 떠들었다.

　그래, 양아치인지 일반 사람인지 몰라도 내 위치만 안 들키면 된다. 일으켜 앉았던 상체를 다시 자리에 눕혔다. 세차게 담금질 하던 심장이 다시 느슨해졌다. 그만 자자. 빨리 자고 내일 일찍 일어나서 얼른 뜨자. 모든 오감을 소리 나는 곳에 고정한 채 난 애써 잠을 청했다.

　– 바스락, 바스락.

　헉! 이거 무슨 소리지? 아! 갈대 소리잖아!

　다시 반사적으로 상체를 일으켜 앉았다. 무엇인가 갈대와 마찰을 일으키는 소리가 들렸다. 그리고 그 소리는 점점 더 가까워졌다.

– 젠장!

전방에 모든 청각을 집중했다. 전방에는 여전히 대화 소리만 들렸다.

– 바스락, 바스락, 바스락.

소리가 점점 가깝고 크게 들려왔다.

– 어디지? 어디야?

난 소리를 듣기 위해 텐트 속에 앉아 고개를 이리저리 돌렸다.

– 바스락, 바스락, 바스락, 바스락.

뒤다!

소리는 전혀 예상치 못했던 뒤에서 났다. 사람 발걸음 소리였다. 누군가 지금 내 뒤쪽에서 텐트를 향해 걸어오고 있었다. 발걸음 소리는 점점 더 가까워졌다. 심장이 다시 세차게 뛰기 시작했다. 텐트만 눈에 안 띄면 된다. 텐트만 눈에 띄지 마라.

소리는 점점 더 가깝고 단단하게 들려왔다.

– 바스락, 바스락, 바스락.

– 바스락, 바스락.

– 바스락.

– 웁스!

CHAPTER 28

일촉즉발 폭풍전야 · 2

그의 입에서 나온 외마디 음성이 내 귀를 자극했다.

젠장! 그가 내 텐트를 발견했다. 그리고 5초 정도 아무 소리도 나지 않더니, 내가 만들어 들어온 길로 그 사람은 걸어 나갔다. 텐트와 오백이의 위치가 노출됐다.

아, 젠장! 젠장! 젠장! 많고 많은 길 중에 왜 하필 이쪽으로 길을 뚫고 온 거야!

다시 머리가 복잡해졌다. 양아치가 확실한가? 내가 지금 오버 하는 것 일 수도 있잖아? 근데 왜 이리도 불안하고 예감이 안 좋지?

난 가만히 앉아 어찌 해야 할지 다시 고민했다. 그런데 저들이 만약 양아치라면 지금 내가 짐을 싸서 호수 밖으로 나갈 수 있는 상황이 아니지 않은가.

난 다시 누웠다. 모든 청각을 전방에 두고 깊게 심호흡을 했다. 양아치 아닐 수도 있지. 내가 오버하는 것 일 수도 있어. 그래, 잠이나 자자. 이리저리 뒤척여도 쉽사리 잠이 오질 않았다. 뭔가 답답했다. 텐트 지퍼를 아주 살짝 열었다. 어라? 뭔가 저 멀리 주황색 불빛이 보였다. 불빛은 진해졌다가 약해졌다. 뭐지? 그러고는 다시 진해졌다가 약해졌다. 뭔가 싶어서 안경을 쓰고 다시 자세히 바라봤다.

헉! 젠장! 머리카락이 곤두서는 느낌을 받았다. 누군가 저 멀리 쪼그려 앉아서 담배를 피며 내 텐트를 바라고 보고 있는 것이었다. 심장이 다시 미칠 듯이 뛰기 시작했다. 지금 내 예상이 맞는다면 그들은 범행 타깃을 보러 온 것이다. 정말 오랜만에 아드레날린이 충만하게 분비되는 것이 느껴졌다. 합리화고 뭐고 없다! 만약에도 없다! 지금 이들은 내 적이다!

우선 잠옷에서 내 여행 복장으로 갈아입고 신발을 신었다. 그리고 다시 조용히 누웠다. 머릿속이 복잡한 가운데 막상 저들이 적으로 판명되자 차분해지기 시작했다. 깊게 심호흡을 하자 심장박동도 원래대로 돌아왔다.

– 정신 바짝 차려야 한다! 정신!

지금 내게 가장 중요한 것이 뭐지?

– 사진! 그리고 신용카드!

저들이 내게 노릴만한 것은 바이크와 현금, 신용카드 그리고 사진기와 태블릿 PC 정도다. 사진기와 태블릿 PC를 저들에게 뺏길 수도 있다. 아니, 줘버리자. 지금 내겐 그딴 것보단 몸 무사히 여행을 지속하는 게 더 중요하다. 그리고 불현듯 그동안 찍었던 사진들이 떠올랐다. 그래 가장 중요한 것은 그동안 찍었던 사진들이지. 이건 절대 잃을 순 없어! 난 태블릿 PC와 사진기에 있던 메모리 카드를 뺐다. 그리고 신발을 벗어 신용카드와 함께 양말 속 발바닥에 붙였다.

최악의 상황까지 고려해야 한다. 일단 최악의 상황은 저들이 머릿수가 많아 내가 감당할 수 없는 상황이 되는 것! 그리고 공격을 받아 여기에서

실종되는 것! 모르긴 몰라도 여기에서 죽어 버려지면 평생 아무도 못 찾을 곳임은 분명했다.

누워서 대안을 생각하기 시작했다. 저들이 총을 가지고 있을까? 칼은 무조건 가지고 있을 테고 체코에 총기 사용이 허용된다는 소리는 못 들어본 것 같은데. 그냥 가만히 있다가 들이닥치면 사진기랑 태블릿 PC랑 남은 현금이랑 다 줘버릴까? 저쪽은 3명! 사람이 더 모이면 정말 힘들어진다. 전문 싸움꾼 아닌 일반인 3명은 내가 커버할 수 있다. 양아치라고 해봐야 전문적으로 싸움기술을 배우진 않았을 것이다. 어쩌지? 어쩔까?

후~ 먼저 치자!

결론은 생각보다 쉽게 나왔다. 저들이 머릿수가 많아지기 전에 먼저 치고, 그 틈에 이곳을 빠져나가자. 그러려면 저들이 뭉치기 전인 지금 쳐야 한다. 3명은 커버할 수 있다.

난 배낭 속에서 여행용 칼과 삼단 봉을 꺼냈다. 삼단 봉. 혹시 야영 중에 멧돼지나 들개 같은 것들이 덤비면 때려잡으려고 챙겨왔는데 사람에게 쓰게 될 줄이야. 마음의 착잡했지만 대안이 없지 않은가. 그리고 손전등 배터리를 새것으로 교체했다. 암흑 같은 어둠속에서 불을 확 비춰서 잠시 동안 앞을 못 보게 하기 위해서였다. 여행 초반에 사용하다가 봉인했던 무릎보호대와 팔꿈치 보호대까지 착용했다.

모든 준비는 끝났다. 깊게 심호흡을 했다. 조용히 텐트 지퍼를 열었다. 왼쪽 손엔 손전등을, 뒷주머니엔 여행용 칼을, 오른손엔 삼단 봉을 쥔 채 양손을 주머니에 찔러 넣고 소리 나지 않게 천천히 갈대밭 밖으로 걸어 나왔다.

달이 떴는데도 주변에 불빛이 전혀 없었기에 잘 보이지 않았다. 대화는 들리지 않았다.

– 이것들, 어디 있는 거지?

정말 약간의 발소리도 내지 않기 위해 천천히 호숫가의 라인을 보며 아까 소리가 났던 쪽으로 걸어갔다. 여차하면 바로 한두 놈은 호숫가로 밀어버릴 생각이었다.

10미터 정도 걸어 왔을까? 왜 아무도 없지? 갔나? 없으니까 더 불안하네. 혹시 벌써 사람 모으러 간 건가?

그때였다. 앞쪽에서 작은 발소리가 들렸다. 난 한쪽에 재빨리 몸을 붙이고 숨을 죽였다. 삼단 봉을 천천히 주머니에서 빼 단단히 움켜잡았다. 한 놈이었다. 정말 영화의 한 장면처럼 그놈은 어둠속에서 나를 보지 못한 채 바로 옆에 붙어 있던 나를 지나쳐서 내 텐트 있는 쪽으로 향했다. 발소리는 최대한 줄인 채. 그리고는 내 텐트를 멀리서 바라보고는 다시 발소리를 죽인 채 돌아갔다.

– 이런 하이에나 새끼들······.

이로써 확실해졌다. 발소리를 죽인 채 왔다갔다는 것을 봤을 때 그는 범행대상을 확인하러 온 것이었다. 만에 하나라도 적이 아닐 수 있다는 가능성이 완전히 사라졌다.

어디를 패지? 여행자 신분으로 문제를 만들면 나만 불리하다. 상대가 크게 다치게 되면 골치 아파진다. 잠시 움직일 수만 없게 하는 것. 그래, 그들의 정강이를 작살내자. 쇠 봉으로 정강이를 제대로 맞으면 이동이 거의 불가능하다. 그리고 청 테이프로 그들을 묶고 난 이곳을 빠져나간다.

시나리오는 끝났다. 난 양손을 주머니에 찔러 넣고 그들이 있는 곳으로 천천히 다가갔다. 어둠속에서 몇 명인지 확인하기 위해 최선을 다해 시신경에 온 정신을 집중했다. 한 놈은 보이지 않고 두 놈만 쪼그리고 앉아 대화를 하고 있었다.

– 하이!

내가 먼저 입을 떼었다. 갑자기 등장한 이방인의 모습에 놀랐는지 자리에서 일어나는 모습에서 꽤나 당황한 기색이 보였다. 4초간의 침묵이 이어졌다.

– 여기 사냐?

내가 다시 질문했다.

…….

…….

아무런 대꾸가 없었다. 쪼그리고 앉아있던 두 놈 중 한 놈이 뒤를 향해 뭐라고 소리치자 못 보던 한 놈이 튀어나와 그들의 무리에 합류했다. 이제 그들의 머릿수는 셋. 셋을 눈으로 확인하자 곧 시작될 폭풍의 동선을 머릿속으로 그리기 시작했다.

그리고 그중 한 놈이 내게 저벅저벅 다가왔다. 난 주머니 속에서 삼단 봉을 움켜쥐었다. 그 놈은 아무 말 없이 내 앞에 섰다. 그러고는 얼굴을 내 앞으로 들이밀었다. 그의 얼굴이 내 바로 앞에 놓여졌다. 가까이 보니 대략 20대 초 중반 정도의 앳된 얼굴이었다. 키는 나보다 조금 작았다. 내 모든 신경은 그놈이 자신의 주머니 속에 찔러 넣고 있는 손으로 향했다. 분명히 저 주머니 속에 칼이 있을 것이다. 손이 움직일 경우 뒤로 점프하며 봉으로 머리를 내리칠 생각이었다.

달빛 아래 흰 눈동자만이 서로의 눈을 강하게 응시했다. 나도 정말 오랜만에 살기 가득한 눈빛을 보냈다.

– 너 영어 할 줄 아냐?

내가 물었다. 아무런 대꾸 없이 서로를 응시했다. 5초 정도 지났을까? 놈이 입을 열었다.

－노!

그러고는 자신의 눈빛을 거두고 뒤로 물러섰다. 주머니 속에서 꽉 쥐고 있던 삼단 봉을 느슨하게 쥐었다. 그 놈은 뒤에 있는 일행에게 알아들을 수 없는 얘기를 하더니 모두 같이 왔던 길로 나가 버렸다. 그러고는 내 시야에서 완전히 사라져 버렸다.

－후~

길고 긴 한숨이 폐포 하나하나를 거쳐 입 밖으로 나왔다. 일단 기선제압은 성공한 건가. 이놈들이 가버렸을 리는 없고 행동을 미루어 짐작컨대 100% 머릿수를 채워 올 것이 뻔했다.

지금 나가야 한다. 머릿수가 많아지면 빼도 박도 못할뿐더러 이미 세 놈을 자극한 터라 나중에 더 큰 화를 입게 된다. 난 서둘러 텐트로 돌아갔다. 그리고 달빛 속에서 텐트를 접고 짐을 싸기 시작했다. 항상 30분 정도 걸려서 쌌던 짐인데 10분만에도 짐을 쌀 수 있다는 것을 처음 알았다.

짐을 싸자마자 오백이와 함께 그곳을 빠르게 빠져나왔다. 호숫가를 나오자 큰 도로가 나왔다. 도로가 정말 반가웠다. 10분간 뒤도 보지 않고 스로틀을 당겼다. 혹시 차량이 따라올까 싶어 자꾸 사이드미러에 눈이 갔다. 다행히 아무런 차도 따라오는 것은 없었다. 어느 정도 빠져나오자 한 주유소 뒤에 공터가 눈에 들어왔다. 공터로 들어가자 나무 때문에 내가 가려져 밖에서 잘 보이지 않았다. 긴장이 풀렸는지 바닥에 앉자 몸이 축 처졌다.

정말 위험했어. 그리고 다행이야. 아무 일도 일어나지 않아서……

정말 정말 다행이었던 건 내가 그들을 다치게 하지 않고, 나도 그들에게 다치지 않고 일이 잘 마무리 되었단 것이었다. 공터에 텐트를 치고 양말을 벗자 메모리카드와 신용카드가 앙증맞게 발바닥에 나란히 붙어있었다.

운이 좋긴 좋았네. 역시 야영은 항상 조심해야 해.

정말 길었던 하루였다. 새벽 6시가 되자 눈이 떠졌다. 텐트 밖으로 나오자 태양도 이제 막 기지개를 켜고 있었다.

지난밤을 생각하니 참……. 멋쩍은 웃음만 나왔다.

– 체코, 정말 다이나믹하구만!

CHAPTER 29

나는 왕이로소이다

- 와! 무슨 차가 이리 많아!

프라하 중심부에 오자 차가 정말이지 너무 많았다. 게다가 엄청 빵빵거리지, 도로는 좁지, 차는 많지……. 게다가 이해 할 수 없는 게 인도와 차도의 경계가 거의 없을뿐더러 아스팔트가 아닌 그냥 네모난 돌을 짜맞춰놔서 움직일 때마다 두두두두두두 하는 느낌이 그대로 내 똥꼬로 전해졌다.

- 오백이 신발(타이어)과 서스펜션 다 나가겠네.

그렇게 빙빙 돌고 돌아 드디어 프라하에 입성했다. 머리털 나고 처음으로 보는 외국 성이라 그런지 은근 설레었다.

- 자, 그럼 왕 놀이 한번 해볼까? 입장!

입구 주변을 서성이다 보니 역시나 발견했다. 우리나라 관광객들과 가이드. 이럴 땐 말없이 슬그머니 무리 뒤에 서면 되지~ 가이

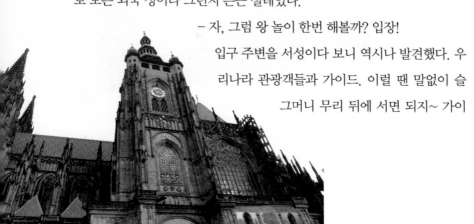

드가 말하길 성 입구에 있는 보초병과 사진 찍을 때 절대로 명심해야 할 점이 있다고 신신당부를 했다. 사진 찍는 건 좋지만 절대 보초병 앞에 세워진 경계구역 안으로 들어가지 말라고 했다. 작년에 우리나라 여성 관광객 한 명이 모르고 들어가 보초병 팔짱을 꼈다가 총의 뒷부분인 개머리판으로 맞아서 피가 철철 났다고 하는데…… 뭐, 믿거나 말거나…….

입구로 들어가자 히야~ 눈 돌아간다. 눈 돌아가 항상 영화에서나 보던 성들이 눈앞에 보이자 마치 내가 왕이라도 된 것처럼 뒷짐을 지고 어슬렁 어슬렁 돌아다녔다.

– 그러니까 불과 3, 400년 전만 해도 실제로 왕이 이렇게 뒷짐 지고 다녔단 거잖아. 기분 묘하네.

대략 2시간의 왕 놀이가 끝이 났다. 내가 옛날의 왕으로 태어났다면 난 뭔가 갑갑해서 못살았을 것 같기도 하다. 아마도 왕과 왕비 속 까맣게 태워먹는 말 지지리도 안 듣는 떠돌이 한량왕자가 되지 않았을까? 그러다가 이웃나라에서 쳐들어오면 눈에 불 켜고 신나서 제일 앞장서서 전쟁하러 다니고…….

CHAPTER 30

여행 권태기라니

체스키 크롬루프라는 동화 같은 마을에 들렀지만 예쁜 것 빼곤 큰 감흥은 느끼지 못해 바로 체코 국경을 넘자,

– 와~ 멋지다!

바로 멋진 배경이 나왔다. 영화 〈사운드 오브 뮤직〉에 보면 넓고 멋진 들판들이 나오는데 역시나 오스트리아가 영화처럼 멋있고 아름다웠다. 일본의 유명한 지브리 스튜디오에서 만드는 애니메이션에서 볼 수 있는 따스한 배경이 실제로 존재하다니……. 가슴이 뭉클했다. 오백이를 길가에 세우고 멍하니 앉아서 들판을 바라보았다.

– 저런 집에서 살면 참 평화롭고 좋을까? 아니면 한 달도 채 지나지 않아 지루해질까? 그래도 한 2달 정도 살아봤으면 좋겠네.

10분간 멍하니 바라보다가 그 말로만 듣던 '빈', 우리에겐 '비엔나' 라고

도 불리는 오스트리아의 수도로 향했다. 이곳 린츠에서는 3, 400킬로미터 정도로 꽤 거리가 있지만, 이런 맑은 날씨에 뻥 뚫린 도로에서 바이크 타는 건 신나고 재밌으니까 거침없이 바로 출발했다.

이렇게 멋들어진 배경 사이로 뻥뻥 뚫려있는 도로를 달리는 기분은 뭐라 말로 설명할 수 없는 그런 설렘과 상큼함을 선사한다.

눈과 콧구멍을 최대한 열고 따스한 햇볕이 내 뺨에 잠시 머무는 느낌과 바람이 내 뒤에서 살랑살랑 따라오는 이 느낌……. 아, 행복하고 좋다.

그리고 가끔씩 지나가는 유럽 바이커들의 손 인사는 더욱 마음 따뜻하게 만들곤 한다. 이제껏 여행을 하면서 마주 오는 바이크 중 80%는 다 손 인사를 한 듯하다.

인사법은 클러치를 쥐고 있던 왼손을 그대로 둔 채 손가락만을 위로 들어 인사를 하는 것이 얌전한 인사법이고 좀 적극적인 인사법은 아예 왼손

을 들고 지나가면서 흔들거나 머리 위로 혹은 핸들 아래쪽으로 손을 뻗어 흔들기도 한다. 여행 초반부에는 어색해서 그냥 모른 척 하고 지나가다가 여행 중반이 넘어가자 바이크만 보면 손을 머리 위로 들어 흔들어댔다. 아우, 신나!

그렇게 4시간 정도 달리다보니 어느새 오스트리아 빈에 입성했다. 그런데, 우씨⋯⋯. 오스트리아 물가가 왜 이리 비싼 거여? 체코에 있다가 오니 적응 안 되네. 물론 노르웨이만큼은 안 되지만, 스웨덴 정도였다.

– 오스트리아 정말 아름다운데, 오래 있기에는 애매한 곳이구만.

시간을 보니 해질녘이다. 일단 도시로 들어가면 복잡하고 비싸서 도시 외곽으로 빠졌다. 한적한 곳에 바이크를 대고 멀찌감치 강변을 바라보고 있는데 내 앞으로 바이크 한 대가 섰다. 헬맷을 벗자 금발의 잘생긴 남자였다.

어라? 영화배우인가? 영화배우라고 착각할 만큼 잘생긴 분이었다. 아까 지나가다가 짐을 덕지덕지 싣고 지나가는 걸 보고 혹시나 싶어 따라왔다고 했다. 이름은 루카스. 나보다 2살 많은 형이었다. 루카스와 그렇게 앉아서 이런저런 이야기를 해보니 살짝 빼질이과다.

두 명의 여자들 동시에 만나고 있는데, 한 명은 불가리아 여자고 또 한 명은 오스트리아 여자라고 한다. 둘 중에 누구랑 결혼해야 할지 모르겠다고 어쩌고 저쩌고 한다.

어쩌다가 대화가 이쪽으로 흘러간 것이냐. 하하하. 루카스에게 텐트 칠 만한 장소를 소개 받고 헤어진 후 바로 텐트를 쳤다. 사실 요새 흔히 말하는 여행권태기에 빠졌다. 여행 중에 권태기라니⋯⋯.

여행에 현지인을 만나고 같이 호흡을 나누는 것이 큰 자리를 차지하는데, 사람 만나는 것이 귀찮아졌다. 대화를 더 적극적으로 하고 재밌게 하면 더 친해져 인연을 만들 수 있는데, 그것들이 귀찮게 느껴졌다.

루카스와도 그랬다. 뭔가 대화를 잘 이어가다가 어느 순간 대화가 귀찮아져 내가 그 대화의 흐름을 잘라먹었다. 더 이어간다면 집에 초대받거나 해서 인연이 더 굳건하게 이어졌을 것을 알지만 그러지 못했다. 아니, 정확히 말하면 그러지 않았다. 이거 참 난감하다. 여행 중에 매너리즘에 빠져버리다니……. 그러면 안 돼! 수비형 여행자가 되어선 안 돼! 언제나 그랬듯이 공격형 여행자 몰라? 아자! 아자! 권태기를 떨쳐내자!

CHAPTER 31

사랑, 그놈 참

숲속에서의 아침은 말로 형언할 수 없는 상쾌함을 선사한다. 기분 좋은 아침의 새소리와 천천히 텐트를 두드리는 해님의 노크 소리는 마치 내가 자연인이 된 것 같은 근사한 설렘을 선사한다. 게다가 처음 맞이하는 오스트리아의 아침 아닌가!

– 아, 좋다~

20킬로미터 정도 떨어져 있는 빈 도심지로 들어갔더니 사람들은 출근시간이라 정신없는 모습이었다. 아침을 먹기 위해 맥도날드에서 간단한 음식을 주문하고 무료 와이파이로 주변 검색을 해보니 이것저것 뭐 많이 나왔다. 성 슈테판 사원, 오페라 극장, 박물관 등등…….

– 아따, 뭐가 이리 많아.

다른 건 별로 끌리질 않고 그나마 딱 두 개가 끌렸다. 쉔브룬 궁전과 벨베데레 궁전! 이상하게 궁전이 땡기네. 전생에 내가 궁을 거닐던 왕……은 아

니고 일꾼이었나? ㅎㅎㅎ.

쇤브룬 궁전은 1966년 유네스코 세계문화유산에 지정되었고 벨베데레 궁전에는 클림트의 '키스'가 있다니! 와우! 이건 반드시 봐야 해! 이야~ 그 유명한 그림 키스를 눈으로 보게 될 줄이야. 캬~ 완전 멋진데!

그림 볼 생각에 어제 염려했던 권태기는 사라지고 눈빛이 다시 살아났다. 우선 가까운 쇤브룬 궁전에 도착하니 프라하랑은 또 느낌이 다르게 넓고 정갈했다. 내부의 모습도 참 아름다웠다.

쇤부른 궁전에 대해 간략히 소개하자면 원래는 1700년에 여름 별궁으로 사용하기 위해 지었는데 1740년 즉위한 여제 '마리아 테레지아'가 이곳이 마음에 들어 1744년부터 5년간 다시 증축하여 살았던 곳이다.

여제! 멋지다 여제! 그래서 그런지 내부에는 마리아 테레지아의 초상화와 그녀의 딸들 초상화가 정말 많았다. 프라하 성과 다른 부분은 궁전 내부가 더 촘촘했고, 실제로 사용했던 방들과 가구, 가제도구들이 있어서 그들의 생활을 더 가까이 보고 느낄 수 있었다.

처녀 시절 마리아 테레지아와 씨씨

궁전 뒤쪽으로 가보니, 씨씨의 정원이 있었다. 사실 쉔브룬 궁전을 대표하는 인물은 마리아 테레지아가 아닌 다른 인물, 바로 씨씨였다.

본명은 엘레자베스, 애칭이 씨씨. 씨씨는 마리아 테제보다 오스트리아인들로부터 더 사랑받고 있는 황후다.

프란츠 요제프 1세(1830~1916)의 아내로서 엄격한 시모와의 불화, 남편의 외도, 자식들의 사고사와 자살 등으로 불행하게 살다가 자신도 스위스 여행 도중 어느 극우파에 의해 저격당해 생을 마감했다고 한다.

오스트리아인들로부터 사랑받는 이유는 뛰어난 외모 때문이기도 했지만, 불행한 삶 속에서도 끊임없이 자신의 미를 가꾸며 흐트러지지 않은 모습을 보여주었고, 틀에 박히지 않은 자유분방한 삶을 추구하며 살았기 때문이라고 했다.

씨씨라는 여인을 보는데 가슴 한쪽이 저려왔다. 마치 현대판 다이애나 왕세자비를 보는 것 같았다. 3, 4년 전 즈음 다이애나 관련 다큐멘터리를 보았는데, 텅 비어있던 그녀의 눈빛이 너무 슬퍼 보였다. 씨씨도 그랬을 것 같다.

여자의 인생에 있어서 가장 최고는 돈도 명예도 아닌 한 남자의 진실 된 사랑을 바탕으로 한 안정감이 아닌가 싶다.

씨씨와 다이애나……. 그녀들은 얼마나 사랑받고 싶었을까? 자신의 남편으로부터 받지 못한 사랑의 스트레스로 얼마나 힘들고 좌절했을까. 그 때문에 자식들에게 사랑도 많이 주지 못하고, 자신이 살기 위해 바깥으로 겉돌고, 또 그 자식들은 다 가지고 태어났음에도 자살하고, 사고로 죽고, 그것을 보면서 씨씨는…….

아, 사나이 가슴을 후벼 파는구나.

연인의 사랑.

부부의 사랑.

부모의 사랑.

자식의 사랑.

사랑, 그놈의 사랑이 뭔지……. 결국 남자가 잘 해야 해. 그럼, 남자가 잘 해야지. 좋은 아내 만나서 남편이 잘 하면 그 사랑은 자식에게로 가고 그 사랑이 돌고 돌아 또 그 자식에게로 간다.

돈과 명예가 유전된다고 하지만, 정말 유전되는 건 사랑이다. 올바르게 사랑받고 주는 법. 그것만 있으면 사람은 행복해질 수 있지. 나라가 행복해지고 전 인류가 행복해질 수가 있지. 하지만 그게 쉽지 않지. 사랑, 그놈 참…….

쉔브룬 구경이 끝나자 급 피로감이 몰려왔다. 아마도 씨씨 때문에 감성 소비를 너무 많이 한 탓이지 싶다. 그래도 키스 보러가야지! 힘을 내서 벨베데레로 출발!

벨베데레 궁전은 궁이라기 보단 미술관에 더 가까운 인상을 받았다. 뭉크 박물관 이후 약 한 달 만에 오는 미술관이라 천천히 미술 감상을 했다.
그래 봤자 원시인이 문화인 흉내 내는 것 밖에 안 되지만.

열심히 싸돌아다닌 끝에 드디어 발견했다.

벨베데레 안에는 클림트 말고 에곤쉴레와 오스카 코코슈카 등 많은 화가
들의 그림이 전시되어 있었는데, 미술에 대해 문외한인 내가 봐도 클림트
의 그림들은 눈에 띄게 아름다웠다. 선과 색감이 다르다고 해야 할까? 키스
뿐만 아니라 다른 모든 그림들의 선 하나하나가 더 정교하고 세밀했다. 그
러면서 색감은 화사했고 따뜻했다. 그림에 등장한 인물들의 눈과 표정을
보고 있노라면 금방이라도 말을 할 것 같은 느낌을 받았다.

내가 좋은 음악을 선별하는 기준은 풍경과 장면이 떠오르는 음악을 좋은
음악으로 분류하고 좋은 그림은 내게 말을 걸어오는 그림이라고 생각하는
데 클림트의 그림은 내게 말을 걸어오는 그림이었다. 그림 뿐 아니라 클림
트가 생전에 사용했던 소지품과 메모 수첩에 간단하게 그린 습작들도 전시
되어 있어서 굉장히 흥미로웠다. 오스트리아에 가면 쉔브룬 궁전과 벨베데
레 궁전은 꼭 봐야 한다.

CHAPTER 32

시간 여행 터널 속으로

슬로바키아를 거쳐 헝가리로 갈까 하다가 거기가 거기일 것 같고 이제 남은 기간도 신경을 써야 하기 때문에 핸들을 틀어 남쪽으로 향했다. 한 2주만 더 있었더라면 터키까지 보고 가는 건데 하는 아쉬움이 있지만 유럽은 이제 뭔가 그냥 하나의 큰 나라 같은 느낌이라 뭔가 색다른 느낌이 있을 것 같은 스위스로 빨리 가고 싶었다.

아쉬움은 빨리 접고 슬로베니아로 출발! 열심히 달려 슬로베니아 입구에 도착하자 양옆으로 산이 우뚝 솟아 있었다. 오, 정말 오랜만에 보는 높은 산이구만. 그리고 뭔가 저 멀리 심상치 않는 터널이 보였다. 도착해보니,

– 헉!

일단 눈에 힘을 주고 다시 숫자를 읽었다.

7,864미터! 와우! 약 8킬로미터라니! 정말 기네. 머리털 나고 자동차가

아닌 자전거나 바이크로 통과하는 터널 중에서 가장 긴 터널이었다. 터널이 뭔가 탐험하는 것 같고 해서 좋긴 한데 편하게 숨을 쉴 수 없는 건 너무 답답하다. 숨을 얼마나 참아야 하는 거야?

일단 터널에 들어가기에 앞서 마스크를 단단히 올리고 귀마개를 꽉꽉 눌렀다.

자! 준비! 최대한 터널 안에서 숨을 적게 들이마셔야 하니까 심호흡 크게 두 번~

– 허~ 업! 후~, 허~ 업! 후~, 허업! 자, 출발!

터널에 진입하자 차량도 없이 뻥 뚫려 있었다.

달려! 달려!

어라? 그런데 이상하다. 한 3킬로미터는 족히 온 거 같은데, 어찌 건너편에 차가 한 대도 안 올 수가 있지? 게다가 더 신기한 건 앞에도 차고 없고, 뒤에도 차가 없었다. 한 마디로 지금 이 넓은 터널을 나 혼자 가고 있다는 것이다.

5킬로미터를 넘게 가도 차는 코빼기도 보이지 않았다. 허허, 진짜 이상하네! 나 지금 잘못 들어왔나?

– 와~ 악! 와~ 악!

소리를 질러봤지만 돌아오는 건 메아리뿐. 허허, 살다 살다 뭐 이런 일이

다 있다냐? 순간 머릿속이 복잡해지기 시작했다. 지금 내가 꿈을 꾸나? 아니면 뭐 비밀 우주기지로 향한다든가, 시간여행을 하는 그런 터널인건가? 아, 이 느낌 이거 상큼하네.

　이거 혹시 공사 중이라 갑자기 터널이 끊어진다든가, 막혀 있다든가 하는 거 아니야? 생각해보니 입구에 아무런 관리자도 없던데……. 뭔가에 홀린 것 같은 기분이 들었다.

　7킬로미터 지점을 돌파하자 그제야 저 멀리 하얀 빛이 보였다. 시간여행이 시작되는 건가? 막 나갔는데 낭떠러지가 있고, 그런 건 아니겠지?

　최대한 속도를 줄이며 조심스럽게 출구를 빠져나왔다. 나왔더니 히야~ 반대편 차선에 차들이 줄을 끝도 없이 서있었다. 저런, 공사 중이라서 시간별로 상행 하행 번갈아 가면서 쓰는 거였구나! 그럼 그렇지. 하하하. 그래도 8킬로미터 터널을 나 혼자서 통과하는 건 처음 해보는 상큼한 경험이었다.

CHAPTER 33

호수의 끝판왕,
블레드 호수

이제 슬로베니아로 넘어온 건가? 슬로베니아는 뭔가 산으로 둘러싸인 느낌이었다.

– 자, 어디로 갈까나.

구글 맵을 켜보니 가까운 호수가 눈에 들어왔다. 그래, 내가 좋아하는 호수! 호수로 가볼까? 호수로 향하는 길 중간에 쉼터 같은 곳이 나왔다. 그곳에 나온 주변 지도를 보고 있는데, 한 할머니가 내게 관심을 가지며 말을 걸어왔다. 이런저런 말을 주고받다가 슬로베니아에서 좀 가볼만한 아름다운 곳이 어디냐고 묻자, 당연한 걸 묻느냐는 한치의 흔들림 없는 눈빛으로 대답하셨다.

– 블레드(bled)!

– 할머니, 블레드가 뭐에요?

– 큰 호수.

할머니가 엄지를 치켜 올리셨다.

– 할머니, 고마워요.

난 바로 블레드로 향했다. 그런데 블레드는 잘 보이지 않았다. 길이 은근히 복잡했다. 이럴 땐 바이커를 찾으면 된다. 마침 한 편의점 앞에 바이크 소년 둘이 보였다. 난 그들에게 블레드가 어디냐고 물었더니 주저 없이 내게 말했다.

– 따라오세요!

역시 바이커들은 긴 말이 필요 없지! 그렇게 소년들을 따라 꼬불꼬불한 길을 갔더니…….

우와! 우와! 이게 그림이야, 호수야? 블레드 호수, 정말 아름답구나.

너무 아름다웠다. 난 소년들에게 고맙다는 인사와 함께 사진을 찍고 나서, 슬로베니아에서 제일 좋은 곳이 어디냐고 물었더니 이곳과 피란이라는 곳을 추천해줬다. 피란은 꼭 가보라고 내게 신신당부를 하곤 사라졌다.

– 고마워, 친구들!

마침 입구에 큰 캠핑장도 있었다. 게다가 놀라운 건, 가격이 싸다. 단돈 8유로! 우리나라 돈으로 약 12,000원!

– 히야~ 이제껏 본 캠핑장 중 가장 넓고, 경치가 좋은데, 가장 싸다니! 블레드 캠핑장은 초 강추! 아니, 초초초 강추!

우선 후다닥 텐트를 치고 호숫가로 나오니,

그냥 막,

호수가 막,

너무 아름다웠다!

마치 동화에 등장하는 그런 느낌이라고 해야 할까? 자세히 보니 호숫가 한가운데 조그만 섬이 있고 거기엔 종탑도 있었다.

이야~ 저기 진짜 라푼젤이 산다고 해도 믿겠네. 와, 블레드 호수 진짜 호수 중에서 끝판왕이다! 끝판왕!

물의 안식처

호숫가 한 가운데
우뚝 솟은 고고한 종탑은

햇빛을 머금은
조용한 종소리로

오늘도 물에게 최면을 건다

세상을 떠돌던 바닷물이
빗물이 되어 잠시 들른 곳

오늘도 물들은
종소리에 취해
잔잔히 잠을 청한다

CHAPTER 34

해안마을 피란

블레드 호수를 벗어나자 앞전에 소년이 해줬던 말이 떠올랐다. 슬로베니아에서 꼭 가 봐야 할 곳은 블레드와 피란! 주저 없이 피란으로 향했다.

위치는 크로아티아와 맞닿아 있는 슬로베니아의 최서단 끄트머리다. 열심히 달려 피란에 도착하자…… 와, 또 감동이네. 무슨 애니메이션이나 사진에서나 존재 할 법한 정말 아름다운 해안마을이었다.

– 역시 여행은 현지인한테 물어보는 게 짱이지!

피란은 크로아티아와 이탈리아 사이에 아주 간신히 걸친 슬로베니아의 해안마을이다. 13세기부터 18세기까지 베네치아 공국에 속해있었다고 한다. 그래서 그런가? 예뻐~

가까운 호스텔에 얼른 짐을 풀고 인포메이션에서 지도를 받아 밖으로 나왔다. 얼마 가지 않아 트리니티 광장이 눈에 들어왔다. 광장 가운데는 바이

올린의 시조라고 불리는 18세기 이탈리아 음악가 타르티니 동상이 서있었고, 파스텔 톤의 색감을 가진 건물과 깔끔하게 정돈된 광장이 근사한 분위기를 자아냈다. 쉬는 날이었는지 가게들은 거의 영업을 하지 않았다. 그래서인지 조용하고 차분한 느낌이 들었다.

의자에 앉아 멍하니 사람 구경을 했다. 하늘하늘한 옷차림과 가벼운 발걸음, 살짝 그을린 얼굴을 가린 선글라스 뒤의 반짝이는 눈빛이 '나 지금 살아있어요. 재밌게 살고 있어요. 행복해요.'라고 하는 것 같았다.

연두색과 핑크색, 베이지색의 하늘과 어울려 애니메이션과 같은 색감을 선사했고, 북위 40도의 지중해에서만 볼 수 있는 화이트 사파이어의 바다빛, 말로만 듣던 아드리아 해가 눈앞에 펼쳐졌다. 수억, 수조 개의 사파이어를 바다에 뿌려놓은 것처럼 반짝였다.

멍해졌다. 아무런 생각도 들지 않았다. 그냥 입이 헤 하고 벌어졌을 뿐…….

제법 쌀쌀한 날씨였는데 도 한 가족이 수영복을 입고 수영을 했다. 5살 정도의 금 빛 머리칼을 가진 딸을 번쩍 들어 올리며 함께 노는 아버 지의 모습에 가슴이 뭉클했 다. 반짝이는 사파이어 속에 서 싱그럽게 웃는 5살 딸아 이의 미소가 나의 머릿속에 사진 찍히듯 찍혀버렸다.

피란, 참 좋구나. 평범하진 않지만 조용하고 평화로운 신혼여행 장소를 추천해 달라고 한다면 주저 없이 말하겠다. '피란!' 이라고…….

CHAPTER 35

베네치아와 산마리노

이제 그만 슬로베니아는 다음으로 기약하고 이탈리아로 향했다. 피란과 이탈리아는 길어야 1시간 정도. 스로틀 살짝 댕겼다 났더니 눈 깜빡할 새에 이탈리아에 입성했다.

– 캬~ 드디어 이탈리아에 와보는구나. 그것도 바이크를 탄 채로.

이탈리아. 그 말로만 듣던 로마를 가진 이탈리아. 한때 인류 역사의 한 페이지를 장악했으며, 모든 길은 로마로 통한다는 그 로마를 가진 이탈리아에 드디어 입성했다. 이탈리아에 설레는 마음으로 들어와서 처음으로 한 것은 오백이 밥을 준 것!

– 헉! 여기 물가가 좀 세네?

기름 값이 대략 2천 원 후반! 비싸다. 다시 허리띠 모드로 생활해야겠구만. 주유소에서 구글 맵을 검색해보니 베네치아라는 단어가 눈에 들어왔다. 베네치아는 들어봤지. 그 유명한 수상도시! 좋아! 수상도시는 살면서 처음 보는 종류의 것이기에 엄청난 기대를 하며 주저 없이 베네치아로 출발!

베네치아를 간단히 소개하자면 베네치아는 400여 개의 다리로 연결된 118개의 작은 섬과 117개의 운하로 이루어진 물의 도시. 중세에는 지중해와 이스탄불까지 장악하여 동방의 무역을 장악하다시피 했고, 1204년 십자군 원정은 주체할 수 없는 부를 베네치아에 안겨주었다. 이를 원동력으로 14세기까지 이탈리아 최고의 공국으로 아무도 넘볼 수 없는 막강한 세력을 과시했지만 점차 세력은 기울어 1797년 나폴레옹에 의해 정복당하는 수모를 겪었고 1886년에는 이탈리아 통일국가에 합병되어 지금은 베네또 지방의 중심지로 명맥을 간신히 유지하고 있다.

1시간 정도 달리다 보니 어느새 베네치아에 들어왔다. 유명한 관광지는 비쌀 것을 알기에 베네치아 입구에 있는 한 캠핑장에 짐을 풀고 바로 들어갔다.

와~ 마을 사이사이 물이 흐르는 마을이라니……. 신기하다. 하지만 치명적인 단점이 하나 있었다. 관광객으로 보이는 사람들이 많았다. 많아도 너무 많았다. 시작도 전에 막 머리가 지끈거려오기 시작했다. 그래도 설레는 마음을 애써 앞세워 이리 저리 돌아다녔다.

처음 보는 종류의 관광지라 이곳저곳 쉴 새 없이 눈길이 가긴했는데, 중심부로 가면 갈수록 사람이 너무 많아 골목길에 들어서려면 잠시 기다려야 들어갈 수 있을 정도로 사람이 많아졌다. 이럴 땐 그냥 막 관광지고 뭐고 짜증이 치밀어 오른다.

방향을 틀어 무작정 한 방향으로 걸어 베네치아의 외곽으로 향했다. 그제야 실제 거주하는 듯한 인상의 한적한 마을의 모습이 나왔다. 알록달록한 색으로 칠한 벽면들이 이국적인 분위기를 물씬 자아냈다. 어느 집은 그냥 대문을 열면 길이 없고 물길이 흐르는 집도 있었다. 자기 집 문을 열면 바로 물길이라니! 하하. 그것 참 기분이 묘하겠네.

관광객만 좀 없으면 참 좋겠는데, 성수기도 아닌 이 시기에 이렇게 사람이 많으면 도대체 여행 성수기에는 얼마나 많다는 말인가? 베네치아가 아름다운 도시임은 분명하나 누군가 이곳에서 한두 달 살아보겠냐고 권한다면 난 단번에 '노' 다! 관광객 바글대지, 시끄럽지. 게다가 치명적인 단점이 도시 내에서는 바퀴달린 것은 손수레 빼곤 아무것도 허용이 안 되는지 단한 대도 보이지 않았다. 자동차와 바이크는 그렇다고 쳐도 자전거는 허락해줘야 하는 거 아녀? 베네치아는 내 스타일이 아니네. 이럴 땐 과감하게 철수!

다음날 아침, 로마로 가기 위해 어디로 가는 게 좋은가 싶어서 지도를 보는데,

– 어라? 왜 이 지역만 경계선이 진하게 표시 되어 있지?

베네치아에서 멀지 않은 동쪽 해안가 부근에 신기한 지역을 발견했다. 인터넷으로 검색을 해보니 이탈리아의 한 지역이 아니라 이탈리아 안에 위치한 대략 우리나라 여의도 2배 정도 크기의 작은 나라였다.

– 오, 신기하다.

나라 이름은 '산 마리노'. 절대적으로 관광수입에 의존하는 세계에서 3번째로 작은 나라다. 이런 건 무조건 가봐야지! 1시간 정도 달리자 금세 산마리노에 도착했다. 전반적인 느낌은 이탈리아와 크게 다를 게 없었다. 주유소에 들러 추천장소가 있냐고 물었더니 단번에 '올드 타운'이라고 대답했다. 세계문화유산에 속해 있다고 하니 살짝 기대가 된다.

표지판을 따라 계속 올라가다보니 안개가 깔린 게 마치 중세의 공포의 성 찾아가는 느낌 나고 상큼하네. 꼬불꼬불 이어지는 길을 낑낑거리며 올라갔더니, 입구엔 경찰로 보이는 사람이 있었다. 그에게 이탈리아 경찰이

냐고 물었더니 눈에 힘을 주며 단호하게 말했다.

– 노!

산마리노 경찰이라고 했다. 산마리노가 나라가 맞긴 맞구나. 올드타운 안으로 들어가자 정말 말 그대로 중세도시의 영화 찍는 느낌이 나는 그런 분위기라고 해야 할까? 게다가 안개까지 깔려 지금 당장이라도 뒤에서 수도사나 기사들이 검을 들고 막 뛰어 올 것 같은 재밌는 상상도 했다.

올드타운, 참 분위기 있고 좋다.

CHAPTER 36

리미니

텐트를 치기 위해 해변 쪽으로 나오니 '리미니' 라는 도시가 나왔다. 마침 와이파이가 잡혀 검색을 해보니 리미니는 유럽에서 다섯 손가락 안에 꼽히는 유명한 해안마을이었다.

– 어쩐지 뭔가 예쁘더라니…….

눈앞에 펼쳐진 지중해를 보니, 캬~ 너무 아름다웠다.

지중해, 지중해라니……. 텔레비전이나 극장에서나 보고 듣던 그 지중해가 내 눈앞에 펼쳐졌다. 더운 날이라면 이 해변은 사람들과 파라솔로 가득 채워졌겠지만, 날씨가 추워진 탓에 해변의 상점과 숙소들은 대부분 영업을 하지 않아 리미니 해변은 그야말로 텅텅 비어있었다. 완전 내 스타일인거지!

– 좋아. 오늘은 이곳에서 밤을 보내야지.

내 생에 지중해를 제대로 보고 느끼면서 캠핑할 수 있는 이 절호의 찬스를 놓칠 수 없었기에 낑낑거리며 오백이를 백사장 안으로 끌고 들어와 텐

트를 쳤다.

  텐트를 치고 나서 대충 저녁을 해먹고 지중해를 보며 입 벌리고 있다 보니 어느새 잠이 들었다. 1시간 정도 잤을까? 시끄러워서 눈을 떴더니 4, 5명의 청년들이 내가 텐트를 친 바로 옆 부근에서 아주 신나게 떠들고 있었다. 아오, 시끄러워! 당장 텐트를 박차고 나가서,

  – 야! 이 자식들아! 조용히 좀 해!

  라고 하려다가 이곳에 손님으로 온 나는 입을 다물고 있어야지 하고 입을 완전 꽉 다물고 있었다. 흐흐흐.

  텐트를 나오자 해변에는 청춘남녀들이 이곳저곳에서 삼삼오오 무리를 지어 조그마한 모닥불 앞에서 맥주병을 하나씩 들고 대화를 하고 있었다. 뭐가 그리 재밌는지 배를 잡고 뒹구는 사람도 있었고, 하소연을 하는지 눈물 흘리는 사람도 있었으며, 서로의 어깨에 기대 체온을 느끼고 있는 사람들도 있었다. 아주 약간이나마 자신의 삶의 무게를 나누거나 공유하는 것

이겠지.

미소가 지어졌다. 그들의 대화에 낄까 하다가 그냥 이 자연스런 상황에 잡음 넣고 싶지 않아 해변에 삐죽 튀어나와 있는 방파제 비스무리 한 것에 걸터앉았다. 1시간 정도 지나자 사람들은 전부 사라지고 넓은 지중해에 나 혼자만 남았다.

유럽의 많은 바다와 대화를 시도한 탓인지 이젠 대화하는 법을 터득했다. 가슴에 담긴 한과 슬픔과 기쁨을 안고 바닷가에 앉아 천천히 말을 건네면 바다는 천천히 그 모든 말을 들어준 후 찰랑이는 목소리로 나를 위로하고 가슴을 어루만져준다. 바다는 항상 나를 품어준다. 자연은 그렇게 나에게 삶의 방향을 일러준다.

CHAPTER 37

로마의 석양

새벽이 되자 태양은 또다시 자신의 하루를 시작한다. 나도 나의 하루를 시작해야지. 후딱 길을 떠나볼까? 하지만…… 모래사장에서 나가는데 30분 넘게 걸렸다.

– 우씨! 다신 모래사장에 텐트 안 쳐!

텐트를 치더라고 바이크를 절대로 끌고 오면 안 된다. 바퀴가 헛돌면서 자꾸 땅속으로 들어가 바이크를 질질 끌면서 모래사장을 빠져나왔다.

– 자자, 리프레쉬, 리프레시~ 기분 좋게 로마 보러 가야지! 그렇다. 다음 목적지는 드디어 로마! 로마! 캬~

내가 바이크를 타고 로마에 입성하게 될 줄이야~ 이건 마치 시저가 전쟁에 승리한 후 대군을 이끌고 로마로 입성하는 그런 느낌!은 말도 안 되는 오버고, 어쨌든 기분 좋다. 오늘의 이동거리는 대략 3, 400킬로미터!

　이탈리아의 동해안 고속도로를 타고 앙코나 페스카라를 거쳐 열심히 달리자. 드디어 로마라는 표지판이 등장했다. 드디어 로마인가! 로마 입성! 자, 곧 해가 질 테니 숙소를 잡아야 하는데……. 내가 프라하에서 당해 봐서 알지! 관광객 많기로는 프라하보다 더 많을 텐데 예약도 안하고 온 나에게 로마는 순순히 방을 내어주지 않을 거라는 것을!

　시간낭비하기 싫어서 바로 로마 옆에 있는 티레니아 해변으로 향했다. 해변에는 최소 야영을 해도 되고 캠핑장이라도 있을 테니 무조건 물가로 가는 거지. 20분 정도 걸려 해변으로 갔더니, 입이 떡 벌어졌다.

　와~ 오랜만에 찍는 작품사진!

　노르웨이, 나의 해변 이후에 보는 정말 압도적으로 아름다운 석양이었다. 이곳에 사는 사람들 참 좋겠다는 생각이 들었다. 정말이지, 너무 평화로운 분위기. 로마라는 대도시에서 조금만 벗어났을 뿐인데 이렇게 한적하고 아름답다니……. 너무 평화롭고 아름다워서 눈물이 날 정도였다. 여긴 꼭 다음에 다시 와야겠다. 한두 달 정도 살아보는 것도 좋지 싶다.

이탈리아의 동해, 지중해에서 하루를 시작했던 태양은 이탈리아의 서해, 티레니아 해에서 하루를 마감한다. 그리고 또 다시 지구 반대편에서 하루를 시작하겠지? 인간의 관점에서 보는 태양은 쉬지도 못하는구나. 뭐, 태양이야 지구 따위, 인간 따위엔 관심도 없겠지만…….

그러고 보니 태양은 오늘 하루 종일 나와 같이 다닌 셈이네. 태양님아~ 태양님아~ 오늘 하루도 고생했어요. 편히 쉬고 내일 아침에 봐요~

CHAPTER 38

아, 로마

드디어 '아기다리고기다리' 던 로마의 아침이 밝았다. 뭔가 오랜만에 느껴보는 설렘과 기대감이다. 최대한 돈을 아끼기 위해 간밤에 마트에서 산 재료에 열만 조금 가해서 입속에 저장했다. <u>흐흐흐.</u>

자, 모든 준비는 다 됐으니 로마 중심부로 출발!

우선 목적지 없이 오백이 발 닿는 대로 돌아다녔다. 진짜 조형물이 많이도 있었다. 가만히 눈을 둘 데가 없을 만큼. 여기저기 살펴본다고 정신이 없을 정도였다. 그래서인지 역시나 사람도 많고 차도 많았다. 너무 차가 많아서 짜증이 나기 시작했다. 완전 복잡하지, 신호등 제 맘대로지, 땅에는 라인도 안 그려져 있지, 뒤에선 빵빵거리지, 택시들은 그냥 막무가내로 치고 들어오지. 우리나라 택시가 양반으로 느껴질 정도니까 말 다했다, 다했어.

그래도 로마니까 열심히 싸돌아 다녔다. 그러던 중 커다란 조형물이 눈에 확 들어왔다.

– 오! 저거구나!

저것이 그 말로만 듣던 콜로세움! 영화 〈글래디에이터〉에 나왔던 그 웅장한 콜로세움!

두둥! 드디어 멋진 자태 등장!

– 아, 콜로세움을 직접 눈으로 보니 감동이구만!

하지만 감동도 잠시 사람들이 많았다. 많아도 너무 많았다. 2시간여를 넘게 줄을 서서 진이 빠질 때쯤 겨우 입장을 했다. 여기저기 닳고 패인 기둥을 보는데 이곳에 옛날 로마인들의 손때와 한이 묻어 있다고 생각하니, 마치 영화의 한 장면처럼 그 시절 사람들이 기둥 사이로 움직이는 듯한 착각이 들었다.

내부에 들어서자 이젠 예전의 모습과는 다르게 여기저기 많이도 세월을 머금은 흔적이 있었지만, 2층 한적한 곳에 서서 주변을 찬찬히 바라보며 눈을 감았다. 로마인들의 함성과 악기 연주소리, 호랑이의 포효소리, 그리고 검투사들의 무기 부딪히는 소리가 나는 것 같은 착각이 들었다. 그렇게 1시간여 동안 나만의 영화를 본 후 콜로세움을 빠져나왔다.

개개인마다 차이가 있겠지만 로마가 왜 관광수입이 1위인지 알 것 같았다. 그냥 체코, 오스트리아의 모든 성과 유적을 다 합친 것보다 로마의 것이 더 크고 멋있었다.

이탈리아가 그렇게 실업률이 높고 집시가 많아도, 나라는 잘산다더니……. 캬~ 게으른 나라가 복도 많다. 조상 덕을 아주 제대로 보네. 그런데 역시 도시에 시달렸더니 머리가 지끈지끈했다. 도시는 멋있긴 한데 역시 오래 있으면 답답하단 말이야.

기를 다 빨린 것 같은 퀭한 눈으로 로마를 빠져나와 20킬로미터 정도 떨어진 티레이나 해변에 도착하자 다시 힘이 났다.

– 캬~ 역시 이거지! 이거! 그저께도 멋지더니 오늘도 멋지네.

너무 평화로워서 사람이 멍해지는 느낌이 들었다. 천천히 해변을 따라 위로 올라갔더니,

– 이야~

멋진 광장이 나왔다. 말 그대로 로컬 광장인 듯 현지인들만 북적였다. 항상 말하는 거지만 관광객 보러 오라고 만든 곳이 아닌, 이런 현지인들이 이용하는 시설에 오면 마치 보물을 찾은 것 같아서 너무나 좋다.

나도 이들 무리에 슬그머니 섞였으나, 유일한 동양인이라서 그런지 꽤나 많은 시선을 받았다. 하긴 그도 그럴 것이 대부분의 관광객들은 로마만 들렀다 갈 것이고, 직접 차나 바이크를 끌고 오지 않는 이상 타지인이 오기 애매한 곳이긴 하다.

로마에서 마지막 날. 해가 진다. 로마의 석양. 너의 아름다움은 영원히 잊지 못할 거야.

CHAPTER 39

시비타베치아 수병과
간호사의 키스

이탈리아 서해안 도로를 천천히 달리며 바다를 보니, 진짜 이게 지상낙원이 아닐까 할 정도로 아름다운 그림이 눈앞에 펼쳐졌다. 해안선을 따라 바닷바람을 맞으며 멋진 풍경을 보며 달리는 것은 정말이지 잊지 못할 황홀감을 선사했다. 이탈리아, 정말 예쁘네.

그러고 보니 이탈리아 남부 빼고 해안선 따라 이탈리아 일주를 하는 셈이 돼버렸네. 아직 우리나라도 바이크 타고 전부 안돌아봤는데 생각지도 않게 이탈리아 일주를 하고 있다고 생각하니 참 웃기면서 기분 좋다.

그렇게 열심히 달리다가 휴식하다가, 자연을 감상하다가, 바다랑 대화도 하면서 천천히 가다 보니 꽤나 큰 항구도시에 도착했다. 항구의 광장에는 꽤나 큰 동상이 보였다.

– 어라, 저거 어디서 본 것 같은데?

가까이 가서 보니 와우! 이거 정말 어디서 본 거 맞잖아! 어느 흑백사진에서 많이 본 그런 장면이었다. 이런 동상이 실제로 존재했다니. 이 동상은 그 유명한 '수병과 간호사의 키스' 사진을 재현해 놓은 동상!

바로 이 사진 말이다.
- 캬~ 멋지네! 멋져!

여기서 잠깐, 사진에 대해 간단히 소개하겠다. 1945년 8월 15일 일본의 항복으로 우리나라는 눈물의 광복을 맞이했고 그건 다른 나라도 마찬가지였다. 당시 전쟁에서 살아 돌아온 한 해병이 타임스퀘어로 나와 길거리에서 만나는 여자마다 닥치는 대로 환희의 키스를 퍼부었다.

라이프 잡지사의 사진기자였던 알프레드 아이젠스레드는 이 병사가 흰옷의 간호사와 가까워졌을 때 꼭 키스를 할 것이라 예감하고 정확한 포인트에서 기다리고 있다가 이 장면을 카메라에 담았다고 한다.

사실 예전에 이 사진을 보고 참 멋진 연인의 키스라고 생각했었는데 둘이 이제 막 처음 보는 사이였다니…… 뒤통수 제대로네. 제대로야. 이 개방적인 사람들 같으니라구. 이런 건 배워야지. 국내 도입이 시급하다. 흐흐흐.

이 여성분이 바로 사진 속의 실제 주인공. 지금은 고인이 되셨다고 한다. 이런 동상이 있다는 것은 이곳이 꽤 유명한 곳이라는 소리인데…… 지나가는 사람에게 이곳이 유명한 곳이냐고 물어봤더니 어리둥절한 표정을 잠시 짓더니 유명한 항구도시라고 했다.

도시 이름은 '시비타베치아(civitavecchia)'. 의도치 않게 자꾸 유명 관광지로 오게 된다. 항구도시답게 배가 도착하자 많은 사람들이 커다란 배에서 캐리어를 끌면서 내리기 시작했다.

– 어우, 사람 많다. 얼른 피해야지.

대충 주변을 둘러보니 크게 흥미로운 것이 없어서 바로 길 따라 이동했다. 이동하다 보니 석양이 깔리며 보라색 구름이 펼쳐졌다. 와~ 내 생전 많은 하늘을 봤어도 보라색 구름은 처음 보네.

좋아. 오늘은 보라색 구름과 함께 해변에서 야영해야겠다. 마침 해변 앞에 문 닫은 가게 옆 공터가 눈에 들어왔다. 텐트 치다가 보라색 구름 보다가, 텐트 치다가 석양 보다가…… 그러고 있는데 경찰차가 내 앞을 지나간다. 그냥 지나가겠거니 하고 바라보고 있는데, 어라? 차에서 내리네? 어라? 내 쪽으로 다가오네?

아, 이탈리아 경찰은 별로 질이 안 좋다고 어디서 들었던 거 같은데, 이거 또 괜히 골치 아파지겠네.

CHAPTER 40

이탈리아 경찰, 누가 안 좋다고 그랬어?

　차에서 내리더니 허리에 손을 얹고 어슬렁어슬렁 내게 다가왔다. 경찰이랑 엮이면 괜히 나만 손해니 일단은 최대한 친근 모드로 전환! 경찰이 내게 먼저 말을 붙이기 전에 내가 먼저 반갑게 맞이했다.

　- 와우! 이탈리아 경찰, 최고! 멋져!

　팔을 활짝 열고 웃으면서 다가가 손을 내밀자, 살짝 당황한 기색을 보이다가 내 손을 마주 잡았다. 아직 경계심을 풀지 않은 듯 근엄한 표정을 띤 채 내게 말을 건넸다.

　- 어디서 왔습니까?

　난 웃으면서 오백이에 붙어있는 태극기를 가리키며 말했다.

　- 한국 알아요?

　경찰은 오백이에 붙어있는 태극기를 보더니 나를 다시 바라봤다.

　- 오! 당신, 한국에서 왔어요?

– 네!

– 바이크 타고?

– 네!

– 와우! 굉장해요!

경찰은 갑자기 믿을 수 없다는 듯 막 웃기 시작하더니 내게 엄지를 치켜
세워줬다. 좋아! 딱 분위기 보니 긍정적으로 갈 것 같다.

– 삼성 알아요?

경찰이 내게 삼성을 아냐고 물어왔다.

– 당연하죠. 삼성은 한국에서 가장 큰 회사니까요.

내가 대답하자 경찰은 뒷주머니를 뒤적거리더니 전화기를 꺼냈다. 자세
히 보니 전화기 위에 삼성 로고가 찍혀있었다.

– 삼성은 최고예요.

경찰이 자신의 폰을 가리키며 엄지를 치켜들었다. 삼성 광팬이었는지 그
자리에서 서서 삼성 찬양이 시작됐다. 폰은 물론이고 카메라고 집에 있는
텔레비전, 냉장고 등등 자기는 삼성만 산다고 했다. 한국은 정말 대단하다
느니, 이런 걸 어찌 만드냐느니, 게다가 박지성 얘기까지 꼬리에 꼬리를 물
고 이어졌다.

그렇게 그 자리에 서서 5분을 쉬지도 않고 열심히 떠들었다. 5분간 완전
리액션을 크게 하며 최선 모드로 대화를 했더니, 일반 모드로 30분 정도 버
티는 내 입의 배터리가 방전될 위기에 놓였다.(난 이상하게 말을 30분 넘게 하
면 입 주변 근육이 피곤해지는 불치병을 가지고 있다)

말이 길어질 것 같아 적당히 끊으면서 말했다.

– 이곳에 텐트를 쳐도 될까?

경찰이 잠시 생각을 하더니 여긴 위험하다며 고개를 흔들었다. 그러더니

194

캠핑장은 어떠냐고 내게 물어왔다.

– 오, 좋지. 캠핑장! 그런데 비수기라 캠핑장 운영 안 할 텐데?

경찰은 씨익 미소를 지으며 자신에게 맡기라며 자신들의 경찰차로 가더니 무전을 했다.

이야~ 캠핑장 찾아주려고 무전까지 날리다니 참 감사하네. 이 경찰들 좋은 사람들이었네. 이런 저런 무전을 하더니 씨익 웃으며 내게 말했다.

– 따라오세요.

아싸! 나도 씨익 하고 미소를 보냈다. 어둠속에서 천천히 경찰을 따라갔다.

이야~ 이거 기분 묘하네. 여행 중에 경찰 에스코트를 받으며 캠핑장을 가게 될 줄을 몰랐는걸! 한국 경찰도 아니고 이탈리아 경찰의 에스코트라니……. 이탈리아 경찰을 누가 안 좋다고 그랬어? 좋기만 하구만!

5분간 열심히 따라갔더니 어딘가에 정차했다. 캠핑장이었다. 경찰은 차에서 내려 캠핑장에 가서 문을 두드렸는데 아무도 없었다. 공식적으로는 문을 닫았지만, 혹시 주인이 있으면 나만 좀 봐달라며 들여보내 줄 생각이었나 보다. 참 고마운 친구들이다. 내게 돌아와 곰곰이 생각을 하더니 자신이 잘 아는 모텔이 있는데 그곳은 어떠냐고 물어왔다.

– 저 가난한 라이더예요. 거기 싸요?

– 물론입니다!

다시 차에 타 5분간 더 들어가니 완전 현지인만 사는 것 같은 분위기의 마을이 나왔다. 그러고는 꽤나 비싸 보이는 근사한 모텔 앞에 정차했다.

–오호, 값 좀 나가보이는데? 이탈리아 물가를 감안했을 때 최소 하룻밤에 15만 원 정도는 할 텐데…….

경찰이 차에서 내려 모텔로 들어가더니 누군가와 같이 나왔다. 모텔 사장이었다. 원래는 14만 원인데, 4만 원으로 흥정을 했다며 내게 미소를 지

으며 의기양양하게 말했다. 그 의기양양한 모습이 꽤나 친근하고 귀엽게
느껴졌다.

우리는 마지막 사진을 함께 찍고 진한 포옹을 나눴다. 삼성 광팬이었던
경찰은 나를 정말 진하게 안아줬다. 포옹을 한 채 등을 힘차게 두드리는 손
에서 사나이들끼리만 느낄 수 있는 단단함이 전해졌다. 잠시 후 그들은 떠
났고, 나는 그들이 안보일 때까지 손을 흔들었다.

열쇠를 받아 방에 들어가 보니 와우! 이제껏 묵은 숙소 중에서 제일 근사
했다. 평범한 방과는 달리 장식장이랑 장롱이랑 뭔가 고전적인 분위기를
자아내는 근사한 방이었다.

방을 보자 한 번 더 경찰 생각이 났다. 고마운 사람들.

사람을 바꿀 수 있는 건 큰 시련과 여행이라고 생각을 한다. 내가 조금씩
바뀌고 있다. 항상 인간은 태어날 때부터 이기적이고 악하다는 성악설을
믿는 내가, 성선설에 대해 생각하고 있으니 말이다.

CHAPTER 41

제노아

아침 일찍 스위스로 넘어가기 편하도록 패션의 도시 밀라노로 가서 아메리카노를 한 손에 들고 된장남 놀이를 해 볼까 하다가, 도시의 복잡함과 끔찍함이 떠올라 밀라노 밑에 있는 제노아라고 하는 항구도시로 향했다. 해안도로를 타고 갈까 하다가 스위스 예행연습 겸해서 산으로 가는 길을 택했다. 무거운 나와 큰 짐을 지고 산을 올라야 하는 오백이를 시험해 보기 위해서였다.

걱정은 나만의 기우였다는 듯이 오백이는 아주 씽씽 치고 나가 준다.

- 오백아! 멋져부러! 기특한 녀석!

산 사이로 난 길을 따라 꼬불꼬불 산도 감상하고, 저 멀리 보이는 지중해도 감상하고, 바람소리도 듣고 보니, 오랜만에 산에서 캠핑이 하고 싶어졌다. 근 한 달만이지 싶다. 산에서 캠핑하는 건.

캠핑할 만한 장소를 물색하고 있는데, 마침 저 멀리 캠핑장 표지판이 눈에 들어왔다. 오! 산속에 있는 캠핑장이라, 뭔가 신선한데? 영업을 안 하겠지만 일단 가 볼까? 캠핑장 주변에 아무 자리에서 캠핑하지 뭐.

표지판이 가리키는 곳으로 꼬불꼬불 따라 들어가 보니 캠핑장이 등장했다. 문을 당연히 닫았을 거라 생각했는데 문이 열려 있었다. 안내소에는 일주일 후에 영업을 마감한다는 알림판이 붙어 있었다.

- 운 좋게 세이프! 좋았어. 오늘은 여기야!

캠핑장에는 이제 곧 영업 마감을 앞두고 있어서 인지 사람이 거의 없었다. 어느 자리가 좋을까 하고 물색하는데 정말이지 기가 막힌 자리를 발견했다.

텐트 바로 옆으로 지중해가 내려다보이는 최고의 자리였다. 텐트를 치고 가만히 서서 넓게 펼쳐진 지중해의 수평선을 보았다. 얼마 후 눈이 호강하는 게 샘났는지 위에서 자신도 호강시켜달라는 신호를 보내왔다.

  - 지중해는 지중해고, 일단 먹어야지!

  사과와 다진 돼지고기 덩어리 팩을 사왔다. 가격이 그나마 싸서 선택한 고기 우리나라 돈으로 한 팩에 4,500원! 오늘의 저녁은 돼지고기 칠리 볶음!

  돼지고기를 살짝 굽다가 숟가락으로 막 잘라준 후 기름이 은근히 베어 나오면 캠핑 요리의 필수품, 칠리소스를 팍팍! 칠리소스는 언제나 관대하다.

  후식으로 빵을 입에 물고 텐트 앞에 앉아 저 멀리 지중해를 감상하는데 마침 해가 지기 시작했다. 마치 커다랗고 동그란 미사일이 바다로 떨어지는 것 같은 광경. 말 그대로 장관이었다. 미사일이 바다에 닿자 붉은 빛을 내며 마지막으로 자신을 불태우더니 이내 곧 사그라졌다.

CHAPTER 42

이탈리아는 변덕쟁이

－ 꽈과강!

번개소리에 눈이 번쩍 떠졌다. 시계를 보니 새벽 1시. 아까 전까지만 해도 쨍 하고 화창한 날씨에 구름한 점 안 보이던 하늘이었다. 그런데 해가 지자 저 멀리 구름이 하나씩 둘씩 모이기 시작하더니, 결국 고장 난 수도꼭지처럼 번개를 동반한 비를 퍼붓기 시작했다.

국지성 호우와 함께 온 바람은 연신 텐트를 흔들어댔고, 산꼭대기부터 타고 내려온 빗물은 나의 텐트 바닥으로 통과해, 말 그대로 물 위에 뜬 보트 신세가 되어버렸다.

－하하하하. 이런 된장.

날씨가 너무 화창해서 설마 비가 오겠냐는 생각에 배수로를 파놓지 않아 꼭대기에서 온 빗물이 그대로 텐트 바닥으로 통과한 것이다.

다행히 경사가 있는 산중이라 바닥에 고일 염려는 없었지만, 지중해성

기후와 함께 같이 온 바람이 텐트를 가지고 장난이라도 치듯, 미친 듯이 흔들어댔다.

지금이라도 당장 텐트 밖으로 나가 배수로를 파고 싶었지만, 바람이 너무 센 탓에 바람이 부는 쪽에 앉아 텐트 뼈대를 잡고 앉아 텐트가 날아가지 않게 하는 것이 더 급선무였다. 바닥은 방수처리가 두껍게 된 덕분에 물이 들어오지 않겠거니 하고 안심을 했는데, 혹시나 하는 마음에 매트를 들어 확인을 해보니 매트가 살짝 젖어 있었다. 스웨덴 산중에서 야영할 때 쥐가 조그맣게 파놓은 구멍이 그제야 생각이 났다.

– 우씨!

정신없이 마른 수건으로 물기를 닦아내고 혹시 몰라서 가져간 청테이프로 도배를 해버렸다. 도배를 하고 나서 한손으론 텐트 뼈대를 잡고 다른 한손엔 태블릿에 담아간 만화책을 보고 앉아 있자니 참 기분 묘했다.

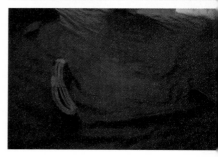

정신없이 퍼붓는 빗속에 텐트 치고 앉아 바람에 날아갈까 봐 한손엔 텐트를, 한손엔 태블릿 PC를 쥐고 앉아 있는 모습!

그래, 이것이야 말로 현대판 야영이고 낭만이지! 좋다, 좋아! 이 맛이 진정 캠핑 하는 맛이지! 그렇게 2시간 정도 앉아 10권 분량의 만화책을 보고 나자 그제야 하늘도 나도 잠이 들었다.

CHAPTER 43

첫 검문

간밤에 이탈리아에서 화려한 피날레를 뒤로 하고 4시간여를 열심히 달려 드디어 스위스 국경에 도착했다.

캬~ 스위스~ 드디어 내가 스위스에 도착했구나. 스위스는 중립국이라서 그런지 이제까지와는 다르게 국경에서 검문을 하고 있었다. 여행 시작하고 처음으로 국경에서 받아보는 검문이라 약간의 긴장감과 기대감이 생겼다. 그냥 형식상 하는 검문이겠거니 하고 맘 편히 먹으려고 했는데, 멀찌감치 보이는 검문은 꽤나 까다로워 보였다. 트렁크는 물론이고 긴 막대기에 거울을 달아 차 밑면까지 일일이 확인했다. 게다가 어느 차량의 운전자를 검문하더니 연행을 해 가는 것이 아닌가!

- 헉! 이거 장난이 아닌가 보네!

그제야 이 검문이 형식적인 검문이 아닌 것을 깨닫고 괜히 꼬투리 잡히기 싫어 미리 여권, 항공권, 국제운전면허증 등을 꺼내놓았다.

일렬로 주욱 늘어선 차량들 뒤로 20분 정도 기다리자 드디어 내 차례가 됐다. 미리 꺼내놓은 여권과 국제운전면허증을 주머니에서 꺼내려고 하는데 검문소 직원이 오백이에 붙어있는 태극기와 주렁주렁 달려있는 짐을 보더니 미소와 함께 엄지를 치켜들고는 통과 손짓을 했다.

이야~ 태극기 위력 센데? 태극기의 위력인지 오백이 뒤에 덕지덕지 실려 있는 짐들의 위력인지 몰라도 바로 통과 신호를 받자 괜스레 기분이 좋아졌다.

이제 드디어 스위스 입성이다! 독일에서 시작된 나의 여행은 유럽을 크게 한 바퀴 돌아, 결국 독일 바로 아래에 위치한 스위스까지 오게 된 것이다.

- 유럽을 한 바퀴 돌긴 돌았구나.

여행을 시작할 당시만 해도 이 날이 올 거라곤 생각도 못했는데……. 감동이었다.

검문소를 통과하자 눈앞에 뻥 뚫린 도로와 함께 '취리히'와 '루체른'이라고 선명하게 쓰여 있는 표지판이 보였다.

- 정말 스위스에 왔구나.

그리고 저 멀리 눈으로 뒤덮인 산이 모습을 드러냈다. 산은 너무도 웅장했다. 말로 표현할 수 없는 엄숙한 설렘이 엄습했다. 정말로 게임의 마지막 단계에 온 느낌이 들었다. 긴장과 함께 입이 바짝 바짝 마르고 당장이라도 간질거리는 목의 울대가 가득 차 터질 것 같은 느낌! 체코사건 이후로 오랜만에 심장이 빠르게 펌프질하기 시작했다.

- 와~ 악!

- 와~ 악!

금방이라도 터질 것 같은 가슴 속 설렘을 주체하지 못하고 도로 위에서 목이 터져라 소리를 질렀다. 산이 내게 말하는 것 같았다. 아니, 스위스가

내게 말하는 것 같았다.

　- 꼬마여, 드디어 왔는가? 수고했네! 내가 마지막일세! 어디 나를 한번
넘어보게나!

　이제는 이번 여행 나의 마지막 로망을 이루어야 할 때!

　'알프스 만년설 녹여 커피 타 먹기!'

　드디어 저 멀리 내 눈앞에 스위스의 만년설이 펼쳐졌다.

유럽의 끝판왕, 스위스

저 멀리 알프스의 뽀얀 자태를 보자 벅찬 감동이 밀려왔다. 잠시나마 눈을 감고 저 멀리서 풍겨오는 알프스의 향기와 한기를 뺨으로 음미했다.

– 하~

스로틀을 쥐고 있던 오른손을 천천히 내 심장 위로 가져갔다. 웬만해선 평정심을 잃지 않는 나의 심장이 평소와 다르게 빠르게 뛰고 있었다.

– 아, 좋다. 이 설렘.

도로의 양옆에는 텔레비전에서나 봤던 아름다운 자연과 산들이 펼쳐졌다. 그 속에서 이리저리 거니는 양들과 염소, 그리고 소들······.
아우, 이거 진짜 미치겠네. 왜 이리 아름다운거야! 사방팔방 어느 곳을 봐
도 그림이 되는 풍경, 자연의 아름다움 그 자체였다. 당장이라도 어디선가
'랄라라~ 랄라라 랄라랄라라' 하고 스머프들이 줄지어 뛰어 다녀도 전혀
이상하지 않을 그런 배경이 계속 펼쳐졌다.

　－자, 그럼 일단 산을 하나 넘어볼까?

　바로 옆이 낭떠러지인 2차선을 타고 어느 이름 모를 봉우리를 굽이굽이
달렸다. 낭떠러지 쪽으로 커브를 돌 때면 정말이지 최고의 스릴과 떨림으
로 아드레날린이 솟구쳤다.

　작은 봉우리 정상에 도착하자 자그마한 호수가 있었고, 그 위엔 얼음이
얼어있었다. 봉우리 정상이라서 그런지 바람이 너무 강해서 오백이를 세워
두면 휘청할 정도로 바람이 불어댔다.

호수를 바라보니 웃음이 나왔다. 아마도 내가 20대 중반 정도였다면 객기 부린답시고 훌러덩 옷을 벗고 물에 뛰어 들며 소리를 고래고래 질렀을 테지만 30대인 지금은 완전 가만히 바라봤다. 바람 스며들지 않게 나의 멱살을 꼭 쥔 채. 흐흐흐.

열심히 돌아다니다 보니 어느덧 태양은 슬슬 하루를 마무리 할 준비를 하고 자연은 차분해졌다. 난 이미 폐장한 어느 캠핑장 구석에 텐트를 쳤다. 캠핑장 뒤론 크고 긴 폭포수가 떨어져 내리고 있었다. 정말이지 딱 좋을 만큼의 폭포 소리와 숲속의 고요가 나의 가슴을 어루만져주는 느낌이 들었다.

아, 좋다. 스위스의 자연과 나 둘이만 이렇게 있는 이 느낌. 눈을 감으면 자연의 향기와 폭포 소리가 코와 귓속을 파고들었고 제법 쌀쌀한 공기가 나의 피부를 어루만지며 캠핑 할 때만 느낄 수 있는 약간의 긴장감으로 내 텐트 주변은 긍정적인 삶의 엔도르핀으로 가득 찼다.

문득 여행을 시작했을 때가 생각났다. 유럽을 돌고 돌아 스위스에 도착하면 기분이 얼마나 좋을까 했던 그때. 그리고 지금 그 스위스에 와 있다. 기분 최고다.

CHAPTER 45

처녀의 어깨

자 이제는 로망을 이루어야 할 때! 융프라우로 가자!

아침 일찍 짐을 싸서 인터라켄으로 향했다. 하늘에 구름도 거의 보이지 않는 파란 하늘 아래 뻥 뚫린 길을 1시간가량 눈썹 휘날리게 달리자 융프라우 기차역에 도착했다. 혹시나 싶어 오백이와 함께 꼭대기까지 갈 수 있는 길이 있냐고 관계자에게 물었더니 고개를 저으며 기차를 타고 가야 한다고 했다.

팸플릿을 받아보니 약도가 나와 있었다. 아이거 산은 3,970미터, 묀히는 4,170미터, 융프라우는 4,158미터, 나의 목적지는 융프라우 밑에 위치한 융프라우요흐, 여기서 '융프라우'는 '처녀'를 뜻하는 말이고 '요흐'는 '어깨'를 뜻하는 말이다. 한 마디로 '융프라우요흐'는 '처녀의 어깨'라는 뜻이었다.

— 자, 처녀의 뽀얀 어깨를 보러 가볼까?

로망을 완수하기 위해 버너와 코펠, 마지막 남은 커피믹스 두 봉지를 챙겼다. 아드레날린과 도파민, 세로토닌 등의 기분 좋음과 설렘을 담당하는 모든 호르몬들이 풍풍풍 분비되기 시작했다.

– 오백아, 형 금방 갔다 올게. 잠시 심심하더라도 조금만 참아.

한국에서는 상상도 할 수 없는 왕복 20만 원짜리 기차표를 손에 쥐고 기차를 기다리다보니 금세 열차가 도착했다. 열차 안에는 경쾌한 목소리의 안내방송이 흘러나왔다. 고맙게도 한국어로 된 안내 방송도 나왔다. 평일이라서 그런지 사람들은 별로 없었다.

한적한 곳에 자리를 잡고 앉아 차장 너머를 바라봤다. 기차는 정말 신기하게도 산 위로 올라가고 있었다. 기차를 꽤나 많이 타 봤지만 산으로 올라가는 기차라니……. 캬~

한 번의 환승과 터널 몇 구간을 지나자 드디어 내 눈앞에 만년설이 당당한 자태를 드러냈다. 너무 반가워 눈으로 손을 흔들었다.

기차의 종착역 전망대에 들어서자 꽤 많은 관광객들이 삼삼오오 모여 자신들의 경험담을 늘어놓고 있었다. 미소를 지으며 바라보는데 벽 한쪽에 익숙한 모습의 라면 사진이 보였다.

– 저것은 신라면? 헉! 설마 이 융프라우 꼭대기에 신라면을 파는 거야?

나 신라면 완전 좋아하는데! 저것이 얼마 만에 보는 한국 라면인 것이냐!

그런데 가격이 어마어마하다. 뜨거운 물, 젓가락, 컵라면, 이렇게 해서 약 1만 원 정도. 뜨거운 물은 약 5,000원이고, 젓가락은 약 2,000원이었다. 물도 돈을 받고, 컵라면 사면 공짜로 주는 나무젓가락도 돈을 받다니……. 우리나라에서는 상상도 못할 일이 스위스 알프스 꼭대기에서 벌어지고 있었다.

매몰차게 돌아서려는데, 생각을 해보니 난 뜨거운 물도 필요 없고 젓가락도 필요 없었다. 라면만 사면 되잖아! 그럼 만 원에서 5,000원과 2,000원을 빼면 3,000원! 3,000원 정도면 먹을 만하지! 컵라면 하나 사서 만년설에 라면 먹는 것도 괜찮겠다 싶어 다시 카운터 앞에 섰다.

난 물도 필요 없고 젓가락도 필요 없으니 컵라면만 얼마냐고 물었더니, 점원은 고개를 약간 갸우뚱거리더니 4유로라고 했다. 4유로는 약 6,000원! 아니, 상식적으로 10,000원에서 5,000원 빼고 2,000원 빼면 3,000원이잖아! 라고 말하고 싶었으나 입 꽉 다물고 4유로를 지불했다. 나의 로망을 위하여. 흐흐흐. 내가 살면서 6,000원 짜리 컵라면을 사게 될 줄이야.

전망대 지도를 보니 재밌는 게 많았다. 얼음동굴부터 시작해서 알파인 센세이션, 파노라마섹션, 스노우 펀 등. 하지만 내 눈에는 오직 하나만 들어왔다. 전망대를 나가 꼭대기 부근으로 걸어가는 곳! 그래, 이곳이구만! 다른 것들은 대충 둘러본 후 전망대 꼭대기로 향했다. 문을 열고 나가자 말문이 막혀 버렸다.

하얀 설원이 너무 웅장했다. 너무 엄청났다. 그리고 인간인 내가 너무 초라했다. 압도적이라는 단어가 머릿속을 가득 채웠다. 한 걸음 한 걸음 천천히 눈길 위를 꾹꾹 내딛었다.

만년동안 묵었던 눈들은 저마다 자신들이 가장 자신 있는 향기를 내뿜었다. 콧구멍을 최대한 열고 알프스의 향기를 폐 속 깊숙이 흡입하며 폐포 하나하나에 알프스의 향기를 각인시켰다.

엄청난 바람이 부는 꽤 추운 날씨인데도 춥다는 생각보단 처음 보는 종류의 엄청난 자연에 대한 경외심과 로망을 이루기 위한 설렘으로 심장이 정신없이 펌프질하기 시작했다. 이 순간, 영원히 잊을 수 없는 기념사진을 찍기 위해 웃통을 벗어젖혔다.

CHAPTER 46

로망,
그 위대한 이름을 위하여

1시간 정도 걸었을까? 발걸음을 한걸음씩 옮길 때마다 커진 설렘과 경외심으로 발걸음이 무거워질 때쯤 정상에 도착했다. 정상에는 사람들이 편히 쉴 수 있게 만든 조립식 판넬 건물이 있었다.

– 자, 이젠 내 여행의 마지막 로망을 실행할 때다.

건물 반대편에 사람들이 다니지 않는 그럴싸한 장소가 눈에 들어왔다. 융프라우의 능선을 타고 천천히 발걸음을 옮겨 더 올라갔다. 10분쯤 올라가자 딱 적당한 장소를 발견했다.

– 자, 시작해!

가방을 벗고 짐들을 하나씩 꺼내 세팅을 하고 코펠에 만년설을 꾹꾹 눌러 담았다. 뚜껑을 닫고 불을 켰다. 가슴이 벅차오르기 시작했다. 기압이 높은 탓인지 30분 정도 지나서야 물이 끓기 시작했다. 끓는 물을 조심스럽

게 컵라면에 부었다. 이것이 말이야 만년 묵은 물이란 말이지. 기분이 묘했다. 내 눈 앞에는 끝도 보이지 않는 하얀 세상이 펼쳐져 있고 귀속에는 엄청난 바람 때문에 천둥이 쳤으며, 발아래에서는 만년설이 담긴 로망이 점점 익어갔다. 지금 이순간의 묘한 기분을 완벽하게 설명할 단어를 찾지 못한 채 로망을 집어 들었다.

뚜껑을 열자 모든 준비가 끝났다. 로망 폭풍흡입 준비 완료!

'땅!' 이라는 마음의 신호와 함께 흡입을 시작했다.

후루룩~ 하~

후루룩~ 하~

후루룩~ 하~

세 번 먹었는데 없어졌다. 태어나서 먹은 라면 중에 가장 맛있었다.

그리고 커피! 애를 밴 듯 빵빵해진 커피믹스의 배를 가르자 내용물들이 이리저리 함께 뭉쳐있었다.

주저 없이 만년설 끓는 물에 넣고 저으니 원래 한 몸이었다는 듯이 뽀얀 갈색을 드러냈다. 머그잔에 옮겨 담고 주위를 둘러보며 입에 가져갔다. 융프라우를 벗 삼아 한 모금 한 후 남은 건 알프스 설원에 뿌렸다. 드디어 로망을 완수했다.

로망 완수!

난 목청이 터져라 소리를 질러댔다.

와~악~

와~악~

하~ 내가 로망을 완수한 건가. 실감이 잘 나질 않았다.

흡!

가슴속에서 뭔가 울컥하고 올라왔다.

알프스가 울퉁불퉁해졌다.

그러고는 막을 틈도 없이, 짜디짠 눈물 한 방울이 내 뺨 위로 흘러내렸다.

왜 눈물이 쳐나고 지랄이야, 쪽팔리게……

천천히 걸어 내려가는데 자꾸 눈물이 나왔다.

맞은편에서 올라오는 사람들이 보여 재빨리 몸을 바깥쪽으로 틀었다.

그렇게 서서 알프스를 보며 하염없이 눈물을 쏟아냈다.

나 말이야.

살아있는 거 맞지? 그치?

나 살아있는 거지?

살아있어서

다행이야.

정말 다행이야.

로망이라는 놈이 말이야.

참 멋진 놈 같아.

사람을 슬프게도 만들고

행복하게도 만드니 말이야.

처녀의 눈물

신동훈

만년동안 풀지 않았던
옷고름이 풀리던 날

처녀는 서럽게도 울었답니다

백옥처럼 하얀 어깨가
드러나던 날

뭇 남정네들 가슴팍엔 태양이 하나씩 들어앉았겠지요

처녀는
옷고름이 더 내려갈까 봐

오늘도
꽈악진 손을 부들부들 떨겠지요

CHAPTER 47

루체른, 평화롭지 아니한가

설렘으로 가득했던 지난 밤. 아침에 눈을 뜨니 꿈을 꾼 듯 실감이 잘 나질 않아 사진기의 사진을 확인했다. 아, 꿈이 아니었구나. 어제 내가 이룬 로망이 간밤의 꿈이 아니었구나. 신동훈! 이 멋진 녀석 같으니라구!

가슴 깊이 전해져 오는 뿌듯함으로 상쾌한 아침을 맞이했다.

－ 자, 이제 루체른으로 가볼까?

정말 멋진 광고에서 본 듯한 착각이 들 정도로 아름다운 풍경 속을 지나면서 혼자 감탄하다가, 틈틈이 혹시나 스머프나 텔레토비가 있진 않을까 열심히 찾다 보니 어느새 루체른에 도착했다. 스위스에서 맞이하는 첫 도시였다.

루체른을 둘러보다 깜짝 놀랐다. 이렇게 조용하고 평화로운 도시가 있다니……. 정말이지 내가 도시에서만 살 수밖에 없다면 루체른에서 살겠다고

할 정도로 조용하고 평화로운 도
시였다. 얼른 루체른의 외곽 캠핑
장에 후딱 텐트를 치고 나와 공원
을 거닐었다.

　바닥이 훤히 비칠 정도로 맑은
빙하 호수 위에는 태양이 금가루를
뿌려 쉴 새 없이 반짝거렸고, 단단
하게 솟은 나무들은 저마다 제일
자신 있는 옷을 빼입고 손을 흔들며
하늘을 유혹했다. 매혹적이었다.

　이 풍경 속에 섞이고 싶어 벤치에
앉아 멍하니 호숫가를 바라봤다. 태양이 내 뺨 위에도 금가루를 뿌렸다. 금
가루는 내 뺨의 피부로 흡수되어 금세 온몸에 퍼져 나의 뇌를 마비시켰다.
마치 누가 마약이라도 주사한 듯 몸이 늘어졌다. 손으로 뺨을 닦아내자 손에
묻어났다. 자세히 보니 그건 평화였다.

– 아, 이 평화로움……. 이것을 평생 느낄 수만 있다면 얼마나 좋을까…….

1시간 정도 더 앉아 있자 내 육체 배터리가 가득 충전됐다. 이제 잠시 관광 모드로 전환! 캠핑장에서 받은 지도에 추천받은 곳을 찾아갔다. 루이 16세와 마리 앙투아네트를 보호하려다가 전사한 786명의 스위스 용병을 추모하기 위해 세운 빈사의 사자상, 구시가지에 위치한 무제크 성벽, 1333년에 세워진 유럽에서 가장 오래된 목조다리인 카펠교 등을 보고나니 배터리가 방전되어 다시 공원을 찾았다.

- 그렇지. 이게 제일 좋아.

루체른은 참 평화롭다. 너무 평화로워서 떠나기가 싫어진다. 나의 이번 유럽 방랑은 어느새 절정을 지나 결말을 향해 가고 있다. 이젠 조금씩 유럽과 작별을 해야 할 때……. 눈을 감으면 너무 행복한 기억들이 가득 차서 꼬리에 꼬리를 물고 이어져 나를 미소 짓게 한다. 루체른의 마지막 날이 저물어간다.

CHAPTER 48

으아, 신혼여행이라니!

아, 오늘이 스위스의 마지막 날인가?

아름다운 스위스, 평화로운 스위스, 끝판왕 스위스⋯⋯.

떠나기 싫다!

떠나기 싫다!

악! 떠나기 싫어! 이곳에서 살고 싶어!

이제 나의 여행이 정확히 6일 남았다. 6일 후 한국으로 가는 비행기를 타야 한다. 마음 같아선 귀국 표를 취소하고 싶지만, 10일 후에는 일상으로 돌아가 다시 새로운 일을 시작해야 하기에 입술을 깨물며 참았다. 기분이 축 쳐졌다.

하지만 인간이라는 동물은 아무리 힘들고 낙심해도, 연인과 이별해서 당장이라도 심장이 멈출 것 같아도, 소중한 사람을 세상에서 떠나보내 숨쉬기 힘들 정도의 슬픔과 마주해도 배가 고프면 밥을 먹기 위해 식탁에 앉아

야 하는 작고 연약한 동물!

마트에서 구입한 왕 소시지 두 개를 버너에 직화로 구워 케첩과 칠리소스를 발라먹었더니 기분이 좋아졌다.

짐을 정리하고 설거지를 하기 위해 세면장에 갔다. 그곳엔 웬 정겨운 인상의 동양인 남성이 열심히 설거지를 하고 있었다. 캠핑장에서 처음으로 만난 동양인이었다. 캠핑장에서는 동양인 만나기가 하늘의 별따기 수준이라 반갑게 인사를 건넸다.

– 헬로~

– 헬로~

자주 들어본 억양의 헬로였다. 전형적인 한국식 억양의 헬로라고나 할까? 역시나 한국 사람이었다.

그동안 여행을 다니면서 왜 한국인을 단 한 명도 못 만난 거지? 라고 생각했는데 결국 여행 막바지에 만났다. 동향 사람이 그리웠는지 그 자리에서 많이 친해졌다. 지금 유럽에서 자동차를 빌려 신혼여행 중이라고 했다. 이런 멋진 커플을 봤나!

2, 3일 전 만났으면 좋았을 텐데 하필 내가 가는 날 만나다니……. 이 좋은 인연을 여기서 끝내기는 아쉬운데. 남편인 상협이 오늘 같이 여행 하고 저녁에 삼겹살 구워서 한국에서 가져온 고추장과 김치에 술을 먹자고 했다. 헉! 김치! 고추장!

상협의 자동차 트렁크를 열자 그곳엔 한국에서 가져온 라면박스와 음식들이 가득 차 있었다.

– 오메!

인연을 이어 가려면 서로 함께한 추억이 있어야 한다. 횟수는 상관없다. 그 단한번의 추억의 깊이가 진하면 진할수록 인연은 이어진다. 평소에 연락을 자주 하지 않더라도 말이다.

좋다! 하루 더 있자! 이 인연을 이대로 놓치기엔 상협과 부인 민영 커플이 너무 착하고 좋다. 다시 한 번 말하지만 절대로 고추장이나 삼겹살 때문에 하루 더 있으려고 한 게 아니다. 정말로 인연을 이어가기 위해서였다.

다시 짐을 풀고 상협 민영 커플과 함께 도로 위에 올랐다. 오늘의 목적지는 필라투스 산악열차 코스! 필라투스 산악열차는 세계 제일의 급경사 등산 열차로 경사가 대략 40도 이상이라고 했다.

산악열차 타는 건 감흥이 없고 표 값이 비싸 머뭇거리다가 '세계 제일'이라는 수식어가 나를 열차에 오르게 만들었다. 참고로 왕복 표 값은 10만 원 정도. 스위스에서 탄 기차 값만 30만 원이 넘어가다니, 한국에선 정말 상상도 못할 일을 스위스에서 아무 생각 없이 하고 있다. 흐흐흐.

열차는 융프라우 올라갈 때 탄 열차랑 비슷하게 생긴 열차였지만 확실히 경사도가 깊었다. 이 정도 경사도라면 사람은 약 10분 정도 올라가면 퍼질 것이고 자동차라 해도 금방 퍼져버릴 경사도인데 열차는 아주 그냥 부드럽게 잘도 올라갔다.

약 40분 정도 올라가자 정상이 보였다. 해발은 2,132미터. 해발이 상대적으로 낮은 탓인지 눈은 보이지 않았지만 역시나 자연은 아름답고 경이로웠다. 화창한 날씨 덕분에 저 멀리 보이는 스위스의 모습을 마지막으로 눈과 머릿속에 꾹꾹 눌러 담을 수 있었다.

– 형, 이제 그만 하산하고 우리 불타는 저녁을 위해 마트에 가요.

– 마트! 그래, 우리 그만 마트에 가자!

상협은 필라투스를 돌아보는 내내 밤에 벌어질 술자리가 더 기다려졌다면서, 마트에서 무엇을 살 지 행복한 고민을 하고 있었다고 했다. 나도 그랬는데! 필라투스에 갈 때보다 더 빠른 속도로 대형마트로 향했다.

대형마트에 들어서자 눈이 휘둥그레질 만큼 많은 식료품들이 우리를 맞이해주었다. 평소 같았으면 생존에 필요한 것들을 조금씩 샀겠지만 오늘 하루만 맘대로 먹고 배를 터트려버리자는 심산으로 평소에 사고 싶었던 것들을 전부 바구니에 담았다. 삼겹살은 기본에 그동안 먹고 싶었던 과일, 과자, 각종 채소, 술과 음료를 샀다.

드디어 시작된 삼겹살 파티! 상협의 차 안에는 캠핑용 테이블, 간이의자, 심지어 전기밥통까지 있었다. 캬~ 밥통까지 가지고 다니다니. 상협 님아, 좀 짱인걸!

모든 준비가 끝난 후 설레는 마음으로 상추와 샐러드를 손바닥에 올리고 밥을 쪼끔 얹고, 그 위에 오늘의 주인공 삼겹살과 고추장, 구운 양파를 살포시 올리니 손 위에 맛있고 정겨운 무게감이 느껴졌다.

그래! 이 느낌이지! 작고 가볍지만 식욕을 흔들어대는 이 상추의 질감! 손 안에 가득 들어오는 무게감! 이것이 바로 대한민국 사람만 알 수 있는 으리으리한 의리의 쌈!

눈을 감고 입에 넣고 천천히 씹자 한국의 맛이 입 안 전체에 퍼져나갔다.

– 아, 그래 이거지! 이 맛이지! 아 행복감 느껴진다! 상협아, 정말 정말 맛있다.

거기다가 맥주를 살짝 한 모금 마시자 캬~ 소리가 절로 나왔다.

우리는 평화로운 루체른의 밤공기 속에서 그간 자신들의 여행 중 재밌고 힘들었던 이야기보따리를 공유했고, 일상에서 있었던 삶의 무게들을 조금씩 나눴다. 술을 좋아하지 않아 평소 술을 즐기진 않지만 술은 이럴 때 먹으라고 있는 게 아니겠는가? 좋은 인연들을 안주 삼으니 술이 아주 물처럼 들어가는구나.

한국도 아닌 먼 나라 스위스, 그것도 어느 한인 민박집이 아닌 찾기도 힘든 현지 캠핑장에서 만난 인연! 바라는 것이 있어서 만나는 인연이 아닌, 이런 자연스러운 끌림의 인연은 정말 소중하다. 우리가 함께한 시간은 고작해야 하루지만 하룻밤으로도 진심을 나누고 같은 기억과 경험을 공유하면 계속 인연을 이어나갈 수 있다. 10년 후에 만나더라도 말이다.

– 상협아, 민영아, 만나서 정말 반가웠다오!

신혼여행으로 자동차 유럽일주라니. 부부가 할 수 있는 멋지고 가장 현실적인 '여행'이 아닐까 싶다.

다음날 아침, 이제는 스위스를 떠날 시간. 상협은 내게 남은 기간 동안 먹으라며 라면을 종류별로 챙겨줬다.

– 캬~ 좋다. 정말 고마워.

우리는 짐을 다 싼 후 각자의 애마를 뒤에 세워놓고 기념사진을 찍었다. 이 사진이 먼 훗날 우리를 웃게 해줄 것이라는 확신을 하며……

CHAPTER 49

여행의 막바지,
그러나

4시간여를 달리자 저 멀리 독일 국기와 스위스 국기가 나란히 펄럭이고 있었다.

아, 드디어 국경이구나. 드디어 독일에 입성했구나. 독일 입성……

스위스에 입성할 때처럼 검문 같은 것은 없었다. 그냥 고속도로 톨게이트를 통과하듯 지나가자 독일의 고속도로가 시작됐다. 독일의 고속도로는 아우토반. 여행 초반에 아우토반 위에 있다는 것만으로도 설레고 짜릿했던 순간들이 생생한데, 이젠 그냥 무덤덤해진 나를 보니 머쓱한 미소가 지어졌다. 얼마 가지 않아 표지판이 보였다.

'프랑크푸르트'

프랑크푸르트에서 시작해서 북으로 향했던 나의 여행이 유럽을 한 바퀴 돌아 남쪽에서 프랑크푸르트로 들어간다. 기분이 묘하다. 너무 힘든 순간도 있었지만, 단 한 번도 포기하고 싶다는 생각은 해 본 적이 없었다. 그리고 해냈다. 내가 계획했던 모든 로망도…….

그러나 가슴이 벅차오르는 것도 잠시뿐, 온통 머릿속에는 오백이로 가득 찼다. 어떻게 하는 것이 오백이에게 가장 좋은 일일까?

너를 한국으로 데려가는 것이 좋을까?

네가 태어난 회사에 기증하는 것이 좋을까?

너의 집인 독일에 머무르게 하는 것이 좋을까?

독일로 가는 길에 계속 생각했다. 내가 아닌 오백이에게 좋은 것! 오백이가 만약 살아있는 말이라고 가정한다면 넌 어떤 선택을 할까? 늘그막에 네가 달리기 좋지 못한 새로운 환경에 가는 것보다 어느 회사 로비나 창고에 전시되어 달리지 못하는 것보다 네가 평생 살았던 곳에서 달리면서 노후를 보내는 것이 좋겠지? 그지? 오백아, 내가 만약 말이라면 죽어도 길 위에서 달리다가 삶을 마감하고 싶을 것 같은데, 마음껏 달릴 수 있는 곳을 선택할 것 같은데…….

오백아, 내가 선택한 동생 오백아. 네가 있어주었기에, 큰 탈 없이 달려주었기에 가능했던 일이잖아. 너는 내게 있어 그냥 단순한 고철류가 아닌 생명이었고, 친구였어.

너와 길 위에서 나눴던 대화들이 참 그리워져. 여행의 마무리보다 너와의 이별이 더 슬프게 다가오는구나.

아우토반 휴게소에 들러 마지막으로 오백이와 도로 위에서 함께한 사진을 찍었다.

나의 눈과

나의 두뇌와

나의 심장과

나의 영혼에

오백이를 각인 시켰다.

평생 잊지 않기 위해, 혹시라도 길 위에서 다시 만난다면 단번에 알아볼 수 있게…….

여기서 프랑크푸르트 청수민박까지는 길어야 두 시간 남짓. 이 두 시간 이 너무도 짧게 느껴졌다. 난 천천히 오백이 위에 올라 시동을 걸었다. 이 젠 다시 듣지 못할 오백이의 심장소리가 나의 괄약근을 통해 심장으로 전해졌다. 괜스레 클러치를 잡았다가 놓았다가 브레이크를 잡았다가 놓았다가를 반복했다. 계기판에 묻은 얼룩을 손으로 닦아냈다. 내 실수로 인해 바뀐 더듬이에 유난히 눈길이 갔다. 발길이 떨어지지 않았다.

그때였다.

멀리서 우렁찬 엔진 음이 들리더니 거대한 바이크 하나가 내 앞에 섰다.

오 마이 갓! 이럴 수가! 정녕 이럴 수가 있단 말인가? 이것이 지금 현실인 건가? 이걸 지금 나보고 믿으라고?

CHAPTER 50

그는 전설이다

이건 뭐지? 이런 말도 안 되는 엄청난 포스는! 나의 눈이 휘둥그레졌다.
근데 이 바이크 어디선가 봤던 거 같은데? 낯설지가 않네. 어디서 봤더라?

나의 두뇌는 갑자기 풀가동을 시작하여 머릿속 해마 세포 하나 하나에
박혀 있는 바이크에 대한 모든 기억과 흔적들을 검색하기 시작했다.

서…… 설마…….

2, 3년 전쯤이었다. 자전거 전국일주를 무사히 마치고 집에 누워서 든 생
각은 자전거 말고 바이크를 타고 한국이 아닌 지구를 싸돌아 댕기면 정말
재밌겠네, 였다.

그러고는 그때부터 구글로 바이크로 여행하는 관련 자료를 열심히 뒤져
보았다. 저마다 자신의 영혼을 달래며, 미지의 세계를 발견하기 위해, 혹은
새로운 세상에 도전하기 위해 참 많은 사람들이 시간과 돈에 연연하지 않

고 바이크를 타고 세상을 싸돌아다니는 것을 보았다. 2년째 여행하는 사람은 기본이고 3년, 5년 등 믿기 힘들 만큼의 시간동안 여행을 하고 있는 영혼들을 보았다.

그리고 그 중에서 뒤통수에 망치를 맞은 것 같은 충격을 안겨줬던 11년째 바이크 일주를 하고 있던 사람을 보았다. 더욱 놀라웠던 건 그의 나이가 당시 기준으로 68세였다는 것이었다.

나이 59세에 은퇴 후 바이크에 텐트를 싣고 11년 동안 바이크 일주를 했던 사람. 그리고 지금도 하고 있는 사람. 현재 나이 70세에 13년 동안 여행 중인 사람. 가 본 나라보다 안 가본 나라를 세는 것이 더 빠른 사람. 강산이 한 번 바뀔 동안 그는 온 지구를 싸돌아 다녔다.

바이크 여행자의 레벨로 따지자면 초보, 중수, 고수, 초고수, 영웅 단계를 벗어나 말 그대로 최상위 레벨인 '전설' 인 사람!

그는 외국의 바이크 여행자들 사이에선 그냥 전설이었다. 더 이상 범접할 수 없는 레벨! 아니 젊디젊은 패기로 쌩쌩한 20대라면 모를까 이제 삶을 슬슬 정리해야 할 나이에 이건 무슨 말도 안 되는 거잖아! 관광도 아닌 바이크 여행을 하다니……. 우리나라에서는 70세에 1년간 관광만 해도 대단하다는 소리를 듣는데, 10년 넘게 여행 중이라니……. 그는 '대단하다', '멋지다' 라는 단어가 감히 담지 못할 정도의 사람이었다.

그를 인터넷에서 처음 보았을 때, 경이로움을 넘어서 뒷골에 전류가 훑고 지나가며 고개가 숙여졌다. 따라 하기에는, 넘어서기에는 너무 높은 산 위에 있었기에……. 그러고는 내가 많이 창피하고 부끄럽다는 생각도 들었다. 너무 터무니없는 우물 안 개구리였다는 것을 깨달아서…….

그의 이름은 '이안 코테즈(Ian Coates)'. 영국 사람인 이안은 이미 영국에서 여행 좀 한다는 사람들은 거의 다 알고 있는 유명인사다. 영국 공영방송인 BBC에서도 종종 나왔다.

구글에서 'ian coates honda'라고 치면(이안 코테즈라는 동명이인이 많아 뒤에 혼다를 붙인다. 혼다는 이안이 같이 하고 있는 바이크 브랜드이다.) 엄청나게 많은 기사와 그의 흔적들이 나온다.

그의 기사를 보며 세상엔 고수가 수도 없이 많기에 절대로 나 좀 알아달라고 나대지 말아야겠다는 생각과 나도 언젠간 이안을 따라잡을 것을 결심했었는데, 머릿속 어느 한구석에 짱박아 놓고는 잊어버렸다.

내 눈앞에 거대한 바이크에서 한 남자가 내리더니 헬멧을 벗었다. 한눈에 봐도 백발의 노인이었다. 그는 반갑게 인사를 건네며 자신의 이름을 '이안'이라고 했다. 그러고는 지금 13년째 바이크 여행 중이라고 했다.

검색을 하던 두뇌가 멈췄다.

말도 안 돼.

말도 안 돼.

이건 말도 안 돼.

발끝부터 머리끝까지 전류가 훑고 지나갔다. 흑백이 되었던 기억이 그제야 칼라로 바뀌면서 모든 기억들을 찾아냈다. 넋이 반쯤 나갔다. 너무 어처구니가 없어서 흥분되기는커녕 얼떨떨했다.

지금 내게 일어나는 것이 실제인건가.

심호흡을 크게 하고는 마음을 정돈했다. 우선 손을 내미는 이안의 손을 맞잡고 인사를 나눈 후 차근차근 대화를 이어나갔다. 호들갑 떨면서 당신의 빅! 빅! 빅! 팬이라고 말을 하려다가 그러면 왠지 상대도 부담스럽고 대화의 균형점이 깨질 것 같아서, 이전에 인터넷에서 봤었다는 말도 하지 않고 호들갑만을 유지한 채 마치 처음 본 것처럼 대단하다며 엄지를 연신 치켜세웠다.

이런 저런 이야기를 하다가 이안은 내게 다음 목적지가 어디냐고 물었다. 나는 이제 여행을 마무리 하고 프랑크푸르트로 들어가 5일 후에 한국으로 가는 비행기를 타야 한다고 말을 해야 했으나, 내 입은 내 의지와 두뇌의 명령을 무시했다.

– 목적지는 없어요.

– 오, 좋아! '호라이즌 언리미티드(Horizons Unlimited) 모임'이라고 아는가?

이안이 내게 물었다. '호라이즌 언리미티드 모임'이라……. 그거 어디서 들어봤는데……. 아! 맞다! 그거 지구에서 세 손가락 안에 드는 유명한 바이크 여행자 모임이잖아!

– 그거 알아요.

– 내일 모레부터 3박 4일 동안 그 모임이 있어서 전 세계 사람들 다 올 거야. 여기서 가까우니 우리 먼저 가 있자!

또 한 번 전류가 나를 훑고 지나갔다.

– 오…… 오케이!

난 얼떨결에 대답을 했다.

– 좋아, 따라와! 쉰!(나의 이름을 신이라고 소개했으나 발음이 안 되는 이안. 흐흐흐.)

이안은 자신의 전설 바이크에 올라 시동을 걸었다. 웅장한 배기 음이 '내가 바로 끝판왕이다!' 라고 외치는 것처럼 내 심장을 때렸다.

– 하…….

나도 이안을 놓칠 새라 얼른 오백이 위에 앉아 시동을 걸었다.

– 자, 준비 됐나?

– 네!

난 경쾌한 목소리로 대답했다.

– 두두둥 두두둥 두두두두두.

이안의 바이크가 우렁찬 배기 음을 내며 치고 나갔다. 나도 힘차게 오백이의 스로틀을 당겼다.

– 오백아, 가자! 우리의 마지막 추억을 만들러!

그리고 다시 아우토반에 올랐다.

내 눈앞에 거대한 바이크가 보인다. 지금 난 뭘 하고 있는 거지? 이게 꿈

인 건가? 지금 내 눈앞에서 나를 이끄는 바이크가 이안의 바이크라니…….
게다가 그와 함께 호라이즌 언리미티드 모임에 구경꾼이 아닌 바이크 여행
자 신분으로 참석하러 가는 길이라니…….

원래의 계획은 오늘 프랑크푸르트로 들어가 청수민박에서 한 이틀 몸을
풀면서 오백이를 처음 입양했던 곳으로 보낸 후 파리로 날아가 후딱 돌아
보고 갈 생각이었다.

자꾸 사람이 멍해졌다. 정말 꿈속을 거니는 기분이 들어 연신 고개를 흔
들며 눈에 힘을 주며 집중했다. 하지만 계속 아득해졌다. 당장에라도 누군
가 잠을 깨울 것 같은 느낌, 그러면 부스스한 얼굴로 눈을 비비며 텐트를
나서야 할 것 같은 기분이 들었다.

바이크 여행을 하면서 항상 아쉬웠던 건 한 번쯤은 나와 같은 바이크 여
행자를 만나 5일에서 10일 정도 같이 하며 바이크 여행에 대해서 더 배우고
진한 인연을 만들어 가고 싶었다. 그것이 내심 아쉬웠는데, 그런데 그 일이
내게 일어났다.

바이크 여행 중수를 만나도 감사, 고수는 더욱 더 감사. 그런데 다 건너뛰
고 제일 위에 있는 레벨의 ‘전설’을 만나다니……. 이런 말도 안 되는 일이
내게 일어나다니…….

이건 마치 예를 들자면 이제 막 가수를 시작한 사람이 해외에 잠시 놀러
와 해외 유명가수를 만나고 싶어 했는데 너무 엄청나서 리스트에도 없었던
마이클 잭슨을 만난 것이라고나 할까?

운명이라는 것이 이런 것이다. 내가 여행 중에 한국도 아닌 독일에서 이
안을 만날 확률을 수치로 따지면 몇 퍼센트나 될까? 그를 보기 위해 찾아갔
다면 모를까. 내가 한 것이라곤 프랑크푸르트로 들어가기 전 휴게소에서
쉰 것이 전부다. 만약 내가 다음 휴게소에 들어갔더라면? 아니 30초만 일

찍 떠났더라면? 어제 상협을 만나 스위스에서 하루 더 머물지 않았더라면? 이걸 확률도 따지면 로또는 상대도 안 되는 수치 아닌가? 맑은 하늘에 떨어진 번개를 세 번 연속 맞을 확률 정도 될까?

인간의 운명이 또 한 번 증명된 셈이다. 인간의 운명에 확률 따윈 존재 하지 않는다는 것을…….

고로 인간이 할 일은 자신의 운명을 계산하지 말고 아끼지도 말고 죽을까봐 다칠까봐 두려워하지도 말고 자신이 하고 싶은 것을 찾아 즐겁고 신나게 할 것!

행여 죽음의 순간이 찾아온다면 당당히 받아들일 것!

그것을 위해 매 순간 자신의 시간을 진정한 자신의 시간으로 만들 것!

단! 이 모든 것은 남에게 피해를 주지 않는 선에서 행할 것!

🏍 이안이 직접 찍어준 사진. 이안의 그림자도 찍혔다.

난 아우토반 위에서 자신의 역사를 만들어가고 있는 이안의 바이크를 천천히 눈과 심장에 각인시켰다. 이 꿈과 같은 순간들을…….

중간에 기름도 같이 넣고 길을 물어 드디어 몰렌바크라는 시골마을의 호라이즌 언리미티드 모임 장소에 도착했다. 이 모임에 처음이라고 하니 이안은 빨리 호라이즌 언리미티드 현수막 앞에 서라면서 나를 세우고 사진을 찍어 주었다.

이번 미팅의 주최 측 대표는 작은 시골 마을의 이 모텔 사장님이었다. 푸근한 인상의 사장은 이안을 보자 정말 오래된 친구라도 본 듯 격하게 반겼다. 그리고 동양인은 정말 오랜만에 본다며 나도 반겨줬다.

제일 첫 손님이니 제일 좋은 자리에 텐트를 치라며 손짓을 가리킨 곳을 보자 자신의 농장이었다. 내일부터 사람이 엄청 올 것이라며 이곳이 꽉 차게 될 것이라고 했다.

이안은 제일 좋은 자리를 차지해야 한다며 구석으로 가서 익숙하게 텐트를 치기 시작했다. 바이크 여행자의 필수품인 텐트를 보자 역시 이안이 전설이 맞구나 싶었다. 70세에 텐트를 치면서 여행을 하고 있다니 말이다.

나도 이안의 옆에 텐트를 치고 그의 바이크를 천천히 살폈다. 바이크의 작은 여유 공간이 없을 정도로 각 나라에서 만난 인연들의 글귀와 스티커들로 가득 차 있었다. 그 어떤 바이크를 보더라도 각자의 개성이 있어서 멋있다거나 타보고 싶다는 생각이 드는데, 13년간 지구의 땅을 밟아온 이안의 바이크를 보자 멋있다는 느낌보단 숙연함이 느껴졌다. 바이크를 보는 것만으로도 이렇게 감동을 느낄 수 있다니…….

감동을 느끼는데 에너지를 소비하다 보니 어느새 해가 지고 배가 고파졌다.

흐흐흐. 난 가지고 있던 라면이 떠올랐다. 상협이 이런 일이 있을까봐 내게 줬나보다. 캬~

　－ 이안, 한국 라면 먹어봤어요?

　－ 아니.

　－ 약간 매운데, 한번 먹어볼래요?

　－ 물론!

이안은 엄지를 들며 좋다고 고개를 끄덕였다. 코펠에 물을 가득 받아 끓인 후 반은 컵라면에 넣고 나머지 물로는 봉지라면을 끓였다. 신라면을 줄까 하다가 매워서 다시는 한국 라면 안 먹는다고 할까봐 그나마 덜 매운 봉지라면을 드렸다.

이안은 어찌 이런 빠른 시간에 요리를 할 수 있냐며 신기하다고 아이처럼 해맑게 좋아했다. 이안은 순식간에 면을 먹고 국물에 식빵을 찍어먹고는 조금 맵지만 맛있다며 엄지를 치켜세웠다. 라면을 다 먹자 이안이 고맙다며 모텔 로비에 있는 작은 카페에서 맥주를 사줬다. 그곳에서 이안과 맥주를 마시며 많은 대화를 나눴다. 아니, 정확히 말하자면 이안은 자신의 이야기를 내게 들려줬다.

18살 때부터 농장 일을 시작해 나중엔 기계공으로 일했다고 했다. 농장 일과 온갖 엔진 달린 기계는 다 고칠 줄 안다며 자신의 직업에 대해서 자랑스러워했다.

그리고 대화 중 깜짝 놀란 것이 있었다. 그건 바로 이안이 증조할아버지라는 것! 이미 아들의 손자의 아들까지 있다고 했다. 이안은 그랜드 파더가 아닌 그랜드 그랜드 파더였다. 정말 대단하다. 59살에 은퇴를 하고 여행을 시작한 건, 그동안 자신이 너무 좁은 세상만 보고 사는 것이 아쉬웠기 때문이라고 했다. 여행을 하다가 길 위에서 죽는 것이 이안 자신의 마지막 삶의 목표라고 했다.

후~

전설······

전설······

전설······

이안은 정말 전설이 맞구나······.

이안이 정말 존경스러운 것은 한 인간의 사회적 의무를 다 마치고 자신의 시간을 가졌다는 것이다. 세상을 싸돌아다니다 보면 많은 사람들을 만난다.

모험하는 사람.

여행하는 사람.

관광하는 사람.

방랑하는 사람.

그리고 도피하는 사람 등…….

특히 한 인간의 의무를 집어던진 채 그냥 무작정 도피하는 것은 지양해야 한다. 그렇다고 해서 반드시 인간으로 태어났으니 삶의 짐을 지고 힘들게 살라고 하는 것이 아니다. 잠시 휴식을 취할 순 있어도 무작정 도피하듯 자신의 운명을 외면한 채 도망치면 안 된다는 말이다.

삶이란 인간 개개인의 운명과 톱니처럼 얽히고설켜 있으니 말이다. 한 명이 자신의 운명을 외면한다면 그 톱니는 고장이 나고 함께 물려있던 톱니도 함께 고장이 나고 만다. 그건 자신 뿐 아니라 타인에게도 영향을 끼친다. 그렇기에 자신의 삶을 놓아서도 안 된다.

난 사실 누군가를 좋아한다거나 그 사람의 어느 한 부분을 배우고 싶다는 생각은 해 봤어도, 오롯이 한 인간을 존경한다는 감정을 가져본 적이 별로 없다. 왜냐하면 인간이 아무리 뛰어나다고 해도 그 어떤 특정 한 부분만 뛰어난 것이지 모든 면에서 다 뛰어나지 않기 때문이다. 한 부분이 뛰어나 세상에 두각을 나타내면 다른 한 부분은 아쉽게도 형편없는 부분이 꼭 있기 마련이니 말이다. 인간은 원래 약한 존재니까.

그런데 이안은 정말 존경스럽다. 자신의 의무를 다하고 남은 자신의 운명을 개척하며 진정한 자유인으로 사는 사람. 그리고 그것을 자신의 모든 것을 걸고 실행하는 사람.

　이건 돈을 억만금을 준다 해도, 지구에서 가장 훌륭한 명예가 있다고 해서 이뤄지는 것이 아니다. 이건 인간이라는 동물의 삶의 한계와 스펙트럼을 이해해야만 할 수 있는 행동이다. 자기 자신을 깊이 이해하고 알아야만 할 수 있는 행동이기 때문이다. 이런 감정은 살면서 처음 가져본 것 같다. 멋쟁이 이안. 전설 이안.

　맥주를 마시고 하루를 마감하기 위해 각자의 텐트에 누웠다.

　설렘, 이런 종류의 설렘은 또 낯선 설렘이다. 경외심 가득한 설렘이라고 해야 하나?

　– 이안, 자요?

　나의 설렘 가득한 목소리가 독일 시골의 싱그러운 공기를 타고 이안의 텐트에 전해졌다.

　– 아니, 아직.

　– 이안, 나와 함께 해줘서 고마워요.

　– 헤이, 쉰! 넌 멋진 사람이야!

　– 하하하. 고마워요, 이안.

　이안과의 설렘 가득한 첫날밤이 빠르게 지나간다.

CHAPTER 51

평화의 정석

아침이 되자 독일 시골의 고요함이 기지개를 켰다. 텐트 밖으로 나와 보니 이안의 텐트가 옆에 있었다.

아…… 꿈이 아니었구나…….

갑자기 아이가 된 기분이었다. 어린 시절 부모님께 정말 갖고 싶은 선물을 받은 그 다음날 혹시나 꿈은 아니었나, 없어졌으면 어쩌나 하는 불안감과 그것을 확인할 때 드는 안도감.

난 이안을 깨우지 않으려고 조심스럽게 텐트에서 나왔지만 이안은 벌써 눈을 뜨고 있었는지 경쾌한 목소리를 내게 먼저 건넸다.

– 굿~ 모닝~ 쉰~

– 굿모닝~ 이안~

이안은 대뜸 내게 펜과 종이를 달라고 하더니 내가 그것들을 주자 뭔가를 열심히 적기 시작했다. 자세히 보니 자신의 집주소와 전화번호 그리고,

244

자신의 아들 것까지 적어서 내게 줬다. 영국에 오게 되면 반드시 들르라고, 혹시나 자신이 여행 중이라서 없으면 자신의 아들집에서 묵어가라고 했다.

– 이안, 정말 고마워요.

내가 이안의 바이크를 자세히 들여다보자 이안은 스티커를 어느 나라에서 얻었는지, 적힌 글귀의 뜻은 무엇인지 자세히 설명해주었다. 이안이 아이 같은 미소를 한가득 안고 나를 불렀다.

– 쉰~

– 네, 이안!

– 이거 선물이야.

– 선물?

이안은 자신이 여행 13년 동안 입었던 옷에 달린 택(tag)이 덜렁덜렁 떨어지려 하자 그것을 떼서는 나에게 주었다.

– 에잉? 이걸 어디다가 써요?

– 헤이, 쉰. 내가 죽은 후 10년 후 쯤에 영국 인터넷 옥션 사이트에 올리면 꽤나 비싸게 팔릴 거야. 나를 믿으라고!

– 푸하하하하!

귀염둥이 이안. 난 그 모습에서 왠지 아이 같은 귀여운 천진함이 느껴져 감사하다며 받았다.

– 헤이 쉰~ 내가 이렇게 주는 사진을 같이 찍어놔야 증명이 되지. 자, 이렇게 내가 손에 들고 있는 사진까지 찍어야 해!

– 네, 이안!

택 증정식이 끝나자 슬슬 배가 고파왔다.

– 이안, 배고프지 않아요? 우리 마트에 가볼까요?

– 좋지! 따라와, 쉰. 어제 오는 길에 마트 봐 뒀어!

– 헉! 난 못 봤는데 언제 봤어요? 이야~ 역시!

마트에 도착한 후 난 이안이 뭘 특별한 걸 사지나 않을지 궁금해 졸졸 따라 다니며 그의 일거수일투족을 눈에 담았다. 그동안 이안과 나란히 걷느라 뒷모습을 자세히 보지 못했는데 이안의 뒤를 졸졸 따라다니다 보니 그의 뒷모습이 눈에 들어왔다. 위풍당당한 뒷모습. 남자는 뒷모습으로 자신의 역사를 말해야 하는 법! 내가 이제껏 고작 30여 년밖에 못살았지만 이리도 위풍당당한 노인의 뒷모습을 본 적이 없었다. 70세에 이런 멋진 뒷모습이라니. 캬~ 멋쟁이 이안. 그리고 한 손엔 바이크 여행자들의 필수품인 식빵을 챙기는 센스까지! 백점 만점에 백점이다.

식빵과 유제품, 과자와 초콜릿 등을 사서 텐트에 돌아와 먹고 나자, 얼마 후 작은 트레일러에 짐을 꾸역꾸역 실은 차가 한 대 들어왔다. 호라이즌 언리미티드 운영진이었다. 트레일러에는 대형 천막이 들어있었다. 사람이 없는지라 나와 이안도 스텝이 되어 도왔다. 천막을 다 치고 나자 서커스에서나 볼만한 대형 천막이 눈앞에 펼쳐졌다.

– 식사하세요!

멀리서 한 여성분이 우리를 향해 손짓했다. 모텔 사장님의 아내 분이었다. 점심을 준비했다고 다같이 먹자고 이안과 나를 초대해 주셨다. 오늘의 점심 메뉴는 말고기와 양고기, 돼지고기를 갈아서 섞어 만든 스테이크와 빵이다.

고기다! 오랜만에 고기를 보자 눈이 번쩍 떠졌다. 게다가 한 번도 먹어보지 못한 믹스고기라니! 캬~

식탁에는 사장 친구의 아들 카이도 있었다. 식사가 시작되자 큰 빵을 옆 사람에게 건넸다. 그러면 자신이 먹을 만큼 빵을 뜯어서 또 그 옆 사람에게 전달했다. 독일의 식사 문화였다. 나도 내가 먹을 만큼의 빵을 뜯고 옆 사

람에게 건넸다. 그리고 고기 접시도 받아 자신이 먹을 만큼 덜고, 샐러드도 자신의 접시에 덜었다.

– 잘 먹겠습니다.

식사가 시작되자 난 다른 건 뒷전에 두고 고기를 큼직하게 반으로 잘랐다. 진한 육즙이 베어 나오자 그 육즙이 접시에 묻을세라 얼른 입에 넣었다.

– 캬~ 엄청 맛있어요!

엄지를 치켜들며 사장님 아내 분께 맛있다고 하자 아주 좋아하셨다. 그 자리에서 두 덩어리나 더 먹고 나자 포만감이 느껴졌다. 음, 좋다, 좋아.

점심을 먹고 나자 카이와 카이의 친구인 마뉴엘이 우리 텐트에 놀러왔다. 시골청년이라서 그런지 완전 착했다. 카이는 25살이고 마뉴엘은 20살. 시골이라 또래가 없는 탓에 마뉴엘이 5살이나 적었음에도 둘은 죽마고우처럼 붙어 다녔다.

– 쉰!

카이가 나를 불렀다. 외국인은 '신' 발음이 안 되나 보다.

– 쉰, 농장에 갈 건데 같이 갈래?

카이는 언덕 위에서 이곳을 보면 정말 아름답다고 했다.

– 진짜? 오, 좋지!

– 잠깐만 기다려봐. 내 발 좀 가지고 올게.

카이는 서둘러 어디론가 후다
닥 뛰어가더니 자신의 발이라
며 커다란 트랙터를 타고 왔다.

　– 이야~ 카이! 트랙터 가진
남자라니. 멋진데!

　이안과 나는 트랙터 뒤에 달
구지 같은 수레에 앉은 채 천
천히 주변을 보며 언덕 위로
올라갔다. 밑에 있을 땐 잘 몰
랐는데 언덕 위로 올라가자 정말이지 그림 같은 외국의 시골마을이 눈앞에
펼쳐졌다.

　태양이 다녀간 누런 캔버스 위에 녹음이 뒤덮인 들판과 형형색색 색동옷
을 입은 나무들 사이사이로 말과 당나귀들이 뛰어다녔다. 너무나 아름다워
가슴이 뭉클해졌다.

　카이는 언덕 위에서 이 마을
을 더 구경하고 나중에 저 밑
에 있는 자신의 농장으로 찾아
오라며 나와 이안을 언덕 위에
떨궈줬다. 카이가 가고 나자
아름다운 언덕 위에 펼쳐진 자
연을 이안과 나 단둘이서 거닐
었다. 너무나 아름다워 자꾸만
가슴이 설레었다. 말 그대로

'평화' 그 자체였다.

　이안은 자연과 함께 많은 말을 내게 해줬다. 자신의 첫사랑 얘기부터 마지막 사랑 얘기까지. 하지만 지금 같이 살고 있는 분이 자신의 첫사랑이자 마지막 사랑이었다. 결국 이안의 아내 분 이야기를 많이 해줬다. 여행 중반에는 아내분과 함께 바이크 여행을 다녔다고 했다. 듣고 보니 예전 인터뷰 영상에서 본 거 같다.

　– 이안…….

　– 응.

　– 저……, 제가 선생님으로 불러도 될까요?

　이안은 나를 보며 싱긋 웃음을 지었다.

　– 물론이지!

선생님…….

사실 우리네 인생이 그러하다. 많은 것들을 우리 스스로 선택하며 살아간다고 생각하지만 서른이 될 때까지 아니 삶을 마감할 때까지 자신이 정말 온전하게 선택할 수 있는 건 별로 없다. 주변의 성화에, 보이지 않는 관습에 등 떠밀릴 뿐. 선생님도 마찬가지다. 유치원부터 고등학교까지 아니 심지어 대학교수까지. 우리가 제대로 선생님을 선택한 적이 있었던가? 내 기억엔 별로 없다.

하지만 이안은 내 인생 처음으로 내가 온전히 스승님 삼고 싶어 내가 선택한 분. 내가 그의 인생 제자가 된다는 것은 내게 있어서 정말 영광이었다. 난 이안의 일거수일투족을 담기 위해 노력했다.

이안이 정말 대단한 건 70이라는 나이임에도 불구하고 아직도 사물에 대해, 세상에 대해 호기심이 왕성하다는 것이었다. 조금 걷다가 뭔가 신기한 걸 보면 이리저리 둘러보고 또 그에 관련된 것을 말해주고 또 다른 걸 보면 꼼꼼히 살펴보고 구경하고 의견을 나눈다.

보통 70이라고 하면 그간의 많은 경험으로 더 이상 새로움을 받아들이지 않고 자신의 경험과 의견이 진리인 듯 위에서 아래로 주입하듯 대화를 할 텐데, 이안은 그러지 않았다. 새로운 것이 있으면 궁금해 했고 배우려고 했다. 그런 모습들이 내 눈엔 정말 멋있어 보였다.

어느새 카이의 농장에 다다랐다. 농장에 들어가자 꽤나 많은 종류의 동물들이 있었다. 염소, 돼지, 닭 등…….

– 이봐, 쉰. 지금 밤낚시 하러 갈 건데 갈래?

– 밤낚시? 좋지!

마뉴엘이 내게 말했다. 꽃미남 마뉴엘은 취미가 낚시라고 했다. 여자보다 낚시를 더 좋아한다고 자신 있게 말했다. 요 녀석, 곱상한 얼굴로 소녀

들 많이 울리겠구만.

호숫가에 가자 살짝 어둠이 깔려 있었다. 낚싯대 두 개와 꽤나 많은 종류의 릴들을 펼쳐놓고는 낚시를 시작했다. 신기하게도 호숫가에 낚싯대를 드리울 때마다 조그마한 고기들이 잡혀 올라왔다. 잘한다고 엄지를 치켜 세워주자 2주전에 자신이 잡은 물고기를 보여준다고 자신 있게 말하더니 자신의 휴대전화를 뒤적였다. 스무 살 남자애가 낚시라고 해봤자 뭐 대충 취미 수준이겠지 하고 있었는데, 헉!

사진 속에 찍힌 물고기가 잉어인지 붕어인지 모르겠으나, 엄청나게 컸다. 와~ 마뉴엘, 이 정도면 취미 레벨이 아니잖아! 마뉴엘은 한술 더 떠 자신이 30살 전까진 독일에서 제일 가는 낚시 왕이 될 것이라고 했다. 캬~ 낚시 왕이라. 그것 참 멋지다!

1시간 정도 지나 밤낚시를 마치고 내일은 정식으로 제대로 낚시를 할 거라면서 농장으로 돌아와 큰 솥에 옥수수를 낱알로 삶기 시작했다. 마이스라고 불리는 미끼였다.

– 쉰, 내일 사진에서 본 것처럼 큰 놈으로 하나 잡아서 요리해줄게. 기대해!

– 이야, 마뉴엘, 훌륭해!

사진을 본 후 어느새 나도 마뉴엘을 진짜 낚시꾼으로 인정하고 있었다.

– 좋아, 마뉴엘. 내일 아침에 봐! 잘 자고!

작별인사를 한 후 이안과 나는 모텔 로비로 왔다. 그러고는 바로 맥주를 시켰다. 슈무커(schmucker)라는 지역 맥주인데 정말 맛있었다. 이곳에서 2시간 정도 떨어진 마을에서 직접 제조한 맥주는 3, 4일마다 찾아가 받아온다고 했다. 그리고 맥주 치고 정말 쎈 맥주였다.

맥주를 마시기 전에 사장님이 여기서는 술이 세다고 하는 기준이 이 맥주 다섯 잔 정도라고 하는 말에 무슨 맥주가 세봤자지 하고서 먹었는데, 한

잔을 먹었더니 우리나라 소주 반 병 정도 먹은 느낌이 났다. 이야~ 이거 뭐로 만들었기에 이리 센 맥주가 다 있지? 완전 내 스타일인데! 배도 부르고 세고 일석이조네! 우리나라 맥주는 배만 부른데…….

술이 좀 들어가자 이안은 또 자신의 경험담을 들려줬다. 아프리카에서 텐트 치고 야영하다가 사자무리에 둘러싸인 것부터, 알래스카에서 정말 얼어 죽을 뻔했던 이야기까지, 정말 재밌게 이야기를 해줬다. 마치 너무 너무 재밌는 책을 하나 읽는 느낌이었다.

이 아득한 순간들을, 이 잊지 못할 순간들을 꼭 잡고 싶지만 시간은 아랑곳하지 않고 무심하게 지나간다. 시간의 매력은 또한 쿨함 아니겠는가?

그나저나 이제 출국일이 3일 남았는데, 여기서 이러고 있어도 될런가 모르겠네. 에라, 모르겠다. 배 째소. 좋은 걸 어쩐다 말이오!

CHAPTER 52
내 꿈은 낚시왕

아우, 추워~

날씨가 거짓말처럼 뚝 떨어졌다.

– 쉰, 모자를 써야 체온이 보호돼! 얼른 모자 써!

텐트에서 나오자 이안은 언제 일어났는지 텐트 주변을 서성이고 있었다.

– 이안, 한국에서 가져온 달달한 커피 드실래요?

– 오, 좋지.

마지막 남은 커피믹스를 타서 나눠 마셨다.

– 오, 달다.

이안은 커피를 마시더니 매우 달고 맛있다며 아이 같은 미소를 보여줬
다. 그러고는 10분간 자신의 바이크를 찬찬히 들여다보기 시작했다.

– 이안, 뭐 보는 거예요?

– 응, 뭐 손볼 때 있나 보는 거야.

이안이 내게 당부했다. 앞으로 바이크 여행할 때는 항상 자신의 몸과 같이 바이크를 찬찬히 살펴보라고 했다. 이안은 항상 아침마다 바이크를 꼼꼼히 살펴본다고 했다. 맞다. 그래야 한다. 바이크 여행 중에 바이크는 여행자의 목숨을 직접적으로 쥐고 있는 생명줄이기 때문에 자신의 신체 돌보듯 잘 봐야 한다. 이안이 찬찬히 자신의 바이크를 둘러보는 모습을 보는데, 마치 바이크와 대화를 주고받는 것처럼 보였다.

'몸 상태 괜찮아?'

'그럭저럭.'

'어디 뭐 나사 같은 거 헐거워진 곳은 없어?'

'엔진 밑 부분 있지? 거기가 조금 헐렁거리는데?'

'여기?'

'아니, 그 옆에.'

'여기?'

'아니, 좀 더 밑에. …… 그래, 거기! 좀 꽉 좀 조여 봐.'

13년간 같이 한 친구처럼 말이다.

- 쉰, 산책 가자.

- 네, 이안.

이안과 함께하는 산책은 참 좋다. 내가 생각하는 최고의 산책이란 자연과 대화하는 것! 자연을 천천히 걸으며 말을 걸면 자연은 대답을 해준다. 아침호수는 지난밤의 고요함을 간직한 미소를 선사하고 나무와 풀들은 밤새 맺힌 이슬로 천천히 목을 축이며 새들은 서로의 안부를 묻느라고 시끌벅적하다. 귀를 기울이면 평화로움 속에서 자연의 분주한 아침이 들려온다.

1시간 정도 산책이 끝나고 텐트로 돌아오는 길에 익숙한 소리가 들려왔다. 카이의 트랙터 소리였다. 카이의 트랙터 뒤에는 꽤나 큰 트레일러가 달

려 있었다. 자세히 보니 전부 낚시 장비였다. 낚싯대는 물론이고 각종 릴과 텐트, 그릴, 의자, 먹을 것 등등 빼곡히 들어있었다.

- 와, 이거 뭐가 이래 많아! 마뉴엘, 이 동네 물고기 전부 다 잡을 셈이야?

- 물론이지!

내가 정말 대단하다며 엄지를 치켜들자 마뉴엘이 신나서 좋아했다.

- 쉰, 어서 타!

카이가 자신의 트랙터에 타라며 손짓을 했다.

- 자, 출발!

오늘은 마뉴엘의 동생 요나도 함께다. 이런 그림 같은 독일의 시골마을에서 낚시를 하게 될 줄이야. 호수에 도착하자 마뉴엘은 능숙한 솜씨로 낚싯대를 설치하기 시작했다. 한두 개를 드리울 줄 알았더니 무려 9개의 낚싯대를 곳곳에 설치했다.

나도 마뉴엘에게 낚싯대를 받아 지렁이 한 마리를 잘 끼웠다.

- 월척을 낚고 말겠어! 소 뒷걸음질에 쥐잡기를 보여주지!

낚싯대를 던진 지 1분도 채 되지 않아 찌가 움직이기 시작했다. 그렇지! 이거지! 있는 힘껏 훅 당기자 힘을 너무 줬는지 텅 빈 찌만 올라왔다. 그 모습을 본 마뉴엘과 카이가 신나게 웃어대기 시작했다.

- 노노노, 쉰. 먼저 훅을 걸고 살살 감아야 해. 그러다가 끌어올려야 해.

마뉴엘이 시범을 보여줬다. 능숙한 솜씨로 낚싯대를 멀리 드리우더니 찌가 흔들리자 살짝 튕겨서 물고기 입에 훅을 걸고는 단번에 낚아 올렸다.

- 와!

내가 박수를 치자 마뉴엘은 한번 씨익 웃더니 너무 작다며 다시 풀어줬다. 그렇게 서서 난 잔챙이들을 20마리 정도를 잡았고 마뉴엘은 셀 수 없을 만큼 많이도 잡았다.

– 지~ 잉 지~ 잉

진동소리가 나기에 뭔가 봤더니 대왕 물고기가 사는 포인트에 드리운 낚싯대에서 나는 소리였다. 찌가 조금씩 움직이기 시작했다.

– 마뉴엘! 저기!

내가 먼저 진동소리를 감지하고 마뉴엘에게 말하자 마뉴엘은 부리나케 달려가서 낚시대를 잡았다. 드디어 월척을 보게 되는 건가? 두근두근두근두근······. 마뉴엘은 낚싯대 끝에서 전해져 오는 약간의 움직임에 모든 오감을 집중하더니, 찌가 물속으로 들어가는 순간 강하게 낚싯대를 올리며 훅을 시도했다.

– 윽!

마뉴엘의 입에서 작게 외마디 비명이 흘러나왔다. 그러고는 다시 빈 찌가 물 위로 떠올랐다. 1차 공격은 실패로 돌아갔다.

– 마뉴엘, 괜찮아! 다시 잡으면 되지!

실망할 틈도 없이 낚싯대와 텐트를 설치하고는 볼일이 있다며 어디론가 갔던 카이가 돌아왔다. 카이는 바로 바비큐 파티를 시작하자며 트레일러에 장작을 많이도 실어왔다.

– 와, 좋은데!

이미 대왕물고기는 내 머릿속에서 사라진지 오래다. 내 눈엔 바비큐만 보였다. 이것이야말로 완전 자연산 바비큐 파티! 호숫가 주변에 달콤한 고기 냄새가 퍼졌다. 어느새 해가 넘어갔다.

– 쉰, 술도 한잔해야지.

카이가 웃으면서 술을 흔들어보였다.

– 좋지.

술을 별로 좋아하지 않지만, 이런 순간에는 술을 먹어줘야 한다. 흐흐흐.

맥주로 입가심을 하고 나자 새로운 얼굴이 등장했다. 카이의 오래된 친구라고 했다. 능숙하지 않은 영어로 떠듬떠듬 대화하다보니 어느새 많이도 친해졌다. 카이가 내게 보여줄 것이 있다더니 발밑에서 술병 하나를 꺼냈다. 야거티라는 술이었다. 무려 40도짜리 강력한 술이었다.

　- 40도라니! 너네 이런 걸 먹는 거야?

　- 이정도 쯤이야!

　- 좋아! 달려! 달려!

　너무 좋다.

　숲속의 조용한 호숫가에서 낚싯대를 드리우고 장작불을 피우며 삶의 한 페이지를 공유하는 이 순간!

　구름을 아슬아슬하게 휘감은 달이 탐스러운 어깨를 드러냈다.

CHAPTER 53

호라이즌 언리미터드 모임

아침이 되자 카이가 자신이 정말 좋아하는 것이라며 장인이 직접 만든 오리지널 독일산 소시지를 그릴에 굽기 시작했다. 아침부터 고기라니! 역시 숙취해소엔 고기지! <u>흐흐흐.</u> 조금 짜긴 했지만 그런대로 아주 맛있게 먹었다.

– 카이, 나 이제 가야 해. 우리 마지막으로 같이 사진 찍자. 너의 호수 앞에서.

그랬다. 우리가 간밤에 먹고 떠들고 낚싯대를 드리운 이 호수는 300년 대대로 카이 집안 소유의 호수였다. 그리고 내년이면 이 호수를 물려받는다고 했다. 한마디로 카이는 호수를 가진 남자! 캬, 멋지다. 호수를 가진 남자라니! 카이는 이 사진을 꼭 한국 여성들에게 보여주라고 했다. 자신에게 시집 올 여자는 언제나 환영이라며.

– 마뉴엘! 5년 안에 꼭 다시 올게!

마뉴엘은 내게 환한 꽃미소를 날려주고는 와락 안겼다. 떨어지지 않는 발걸음을 힘들게 돌렸다. 애들아, 고마워. 정말 고마워.

나의 텐트로 돌아오자 헉! 지난 밤사이 사람들이 많이도 왔다. 오늘이 미팅 시작일이라서 그런지 내 텐트 앞으로 많은 텐트와 바이크들이 자리를 잡고 있었다. 이안이 나에 대한 이야기를 사람들에게 해놓은 덕분에 반갑게도 나를 맞아줬다. 요 근래 한국인은 처음이라며 이것저것 많은 질문들이 내게 쏟아졌다. 초딩 수준의 영어실력으로 연명하는 내가 그들과 대화하느라 아주 정신이 없어 혼났다.

역시나 대화의 시작은 '삼성'과 '싸이'였다. 정말 신기하게도 삼성이 우리나라 기업이라는 것을 어떻게들 안건지 삼성에 대해서 모르는 사람이 없을 정도였고 싸이 얘기만 나오면 여기저기 팔을 휙휙 돌리며 말춤을 추었다.

그저께 설치한 대형 서커스 천막 안에서는 바이크 응급처치 세션이 한창 진행 중이었다. 이곳의 프로그램은 자신이 겪었던 경험담이나 스킬을 참가자들에게 발표하는 형식으로 진행되었다. 오전에 두 개, 오후에 두 개의 세션으로 이루어져 자신의 구미에 맞는 세션에 참석해 듣고 질문하고 답하는 형식으로 진행되었다.

그러던 중 세션 일정표에 한 세션이 눈길을 끌었다.

'외국인이 외국에서 바이크 사는 법' 이라는 세션이었다. 들어두면 도움 좀 되겠다 싶어서 세션 시간을 보니 오후 마지막 타임이었다. 시간을 보자 세션 밑에는 'sin' 이라는 발표자가 쓰여 있었다.

신? 이야~ 외국사람 중에서도 신이라는 이름이 있나 보다 싶어서 이안에게 물어보니 무슨 소리냐며 손가락으로 나를 가리켰다.

– 너, 쉰!

– 저요? 오 마이 갓!

나라니! 갑자기 이게 무슨 날벼락이래? 아무런 프레젠테이션 자료도 없을뿐더러 지금 초딩 저학년도 안 되는 영어실력으로 연명하고 있는 내게 외국 사람들 앞에서 영어로 프레젠테이션이라니! 나는 당장 모임 사회자에게 찾아가 갑자기 미팅에 참석하는 바람에 자료가 전혀 준비가 되어 있지 않다고, 다음에 다시 참석해서 발표를 하겠다고 위기를 모면했다. 큰일 날 뻔했다. 휴…….

사회자에게 취소하겠다는 확답을 듣고 나자 안도감과 함께 약간의 아쉬움이 느껴졌다. 내가 그래도 학창시절 과제 발표할 때 항상 프레젠테이션은 내 전문이었고, 프레젠테이션만으로도 높은 점수를 받았었는데 이렇게 꽁지를 내리다니……. 왠지 모를 패배감이 느껴졌다. 이거 영어실력을 정말 초딩 저학년 수준에서 고학년 수준으로 끌어올리긴 올려야겠네. 다음번엔 절대 물러서지 않겠다!

저녁이 되어 모든 프레젠테이션이 끝나자 자연스럽게 만남의 시간이 이어졌다. 세계 각국의 참가자들로 모텔 로비가 발 디딜 틈도 없이 가득 찼다. 나도 이안과 함께 사람들과 자리를 잡았다.

술이 한잔씩 들어가자 더 깊은 속내들이 오갔다. 저마다 각자의 여행 중 추억과 영웅담을 늘어놨다. 여기저기 할 것 없이 시끌벅적했다. 그중에서도 나는 바이크로 여행 하는 부부가 눈에 들어왔다. 2년 넘게 함께 여행 중이라며 환하게 웃으며 말하는 여성 참가자의 미소가 너무 아름답게 느껴졌다. 대단하고 멋진 친구들. 하지만 이안이 입을 열자 다들 조용히 이안의 말에 경청했다. 여기저기서 레전드라는 단어가 들려왔다. 캬~ 이안이 역시 레전드였다. 멋진 내 스승님!

이안. 4일 동안 정말 감사했습니다.
당신께 너무나 많은 것들을 배우고 갑니다.
평생 당신과 함께한 순간들을 잊지 않고 살아가겠습니다.
감사합니다.
저를 친구처럼 손주처럼 대해주셔서 진심으로 감사드립니다.
처음으로 내가 '직접' 선택한 나의 첫 번째 스승님, 이안.
건강하시고 다음번에는 꼭 한국에 방문해 주시길…….

CHAPTER 54

대 위기

이제는 정말 가야 한다. 더 이상 시간을 지체하면 안 된다. 새벽 추위에 눈을 떴다. 텐트에서 나오자 눈이 오고 있었다.

– 아, 젠장. 왜 하필 눈인 것이냐.

바이크를 탈 때 비도 피해야 하지만, 절대적으로 피해야 할 것은 눈이다. 자동차야 네 발이기 때문에 땅이 미끄러워도 뒤집어지거나 넘어질 염려가 없지만, 바이크는 무게 탓에 조금만 미끄러워도 그대로 넘어진다. 게다가 오백이는 지금 오프로드 전용 타이어도 아닌 온로드용 타이어.

그리고 이정도 추위면 손이고 발이고 꽁꽁 얼어버릴 텐데……. 방한장비, 최소한 팔토시(바이크 손잡이에 꼽는 손 보호대)라도 있어야 하는데……. 큰일이다. 뭔가 느낌이 좋지 않다. 어제 갔어야 했나? 시간이 하루만 더 있으면 좋으련만…….

불안한 기운이 엄습했지만 애써 정신을 집중했다. 이른 시간이라 사람들

깨지 않게 텐트가 안 보이는 지점까지 끌고 나와 시동을 걸었다. 오늘의 거리는 약 1시간 거리. 이곳에서 1시간 반만 열심히 달리면 청수민박에 도착한다. 그래 1시간만 참으면 된다. 마음 단단히 먹고 모든 집중력을 다쏟아보자!

뭐가 춥냐는 듯이 심장이 펄떡펄떡 뛰는 오백이 위에 앉아 뒤를 보았다. 잊지 못할 이곳에서의 행복했던 내 모든 기억들. 그림 같은 자연. 좋은 사람들 안녕! 다음에 꼭 다시 올게!

도로에 올라 10분 정도 달리자 눈이 더 신나게 오기 시작했다. 눈이 오자 추워졌다. 정말 추워졌다. 잊고 있었던 노르웨이의 악몽이 떠올랐다. 아니, 노르웨이 이상이었다. 두꺼운 가죽장갑이 눈에 젖어 손이 얼기 시작했다. 발은 이미 감각이 없어졌다. 발이야 그렇다고 치지만 손이 얼자 클러치를 잡지 못해 기어 변속이 힘들었다. 5분 가다가 서서 손에 입김을 불어서 녹였다가, 또 5분 가다가 서서 달궈진 오백이의 엔진에 손을 대서 녹이다가를 반복했다.

하지만 그런 노력이 무색하게 왼손 새끼손가락과 약지의 감각이 없어졌다. 움직이지도 않았다. 주먹을 쥐면 검지와 중지만 움직였다. 정말 거짓말처럼 손에 뭔가 둔한 고깃덩어리가 달린 느낌이 들었다. 군 생활 중 한겨울 혹한기 훈련 때에도 이 정도까지 심각한 적은 없었다. 손에 손가락이 달려 있지 않다고 느낀 건 이번이 처음이었다. 거기다가 더 최악은 고글 안 안경에 서리가 껴서 앞이 보이질 않았다.

아우토반에서 차들은 시속 100킬로미터 넘게 속도를 내면서 달리고 있어 속도를 줄일 수도 없고, 앞은 보이지도 않고, 손은 이미 움직이지도 않고, 온몸은 눈발에 젖어 팬티까지 젖어버렸다.

이번 여행 최대 위기가 여행 마지막 날 찾아오다니……. 뭔가 이제껏 느껴보지 못했던 커다란 위기감이 엄습했다. 정말 위험하다. 정말 위험하다.

머릿속에서 자꾸 내게 경고음을 보내왔다.

그러던 중 다행히 휴게소가 나왔다. 당장 화장실에 들어가 손을 말리는 히터에 손을 넣고 녹였다. 몸이 얼마나 추웠는지 뜨거운 커피를 벌컥벌컥 마셨는데도 뜨겁다고 느끼질 못했다. 30분 넘게 커피숍에 앉아 있으니 그제야 몸이 회복을 했다. 손의 감각은 없지만 다시 움직였고 발도 녹았다.

일단 손! 손을 어찌 해야 하는데 장갑을 벗고 탈 수도 없고, 그렇다고 젖은 장갑을 낄 수도 없고……. 고민을 하고 있던 중 편의점이 눈에 들어왔다. 다행히 그곳엔 작업용 가죽장갑이 팔고 있었다.

그래, 좋다. 이거라도 끼고 가자! 30분이야! 30분만 가면 돼!

눈은 어느새 비로 변해 있었다.

– 으아!

소리를 지르며 양손으로 내 뺨을 때렸다. 마지막으로 정신을 집중했다. 장갑을 바꿔 끼니 좀 나아졌다. 10분간 모든 오감을 총동원한 채 열심히 달리자 드디어 저 멀리 프랑크푸르트 표지판이 눈에 보였다. 프랑크푸르트라는 글씨를 보자 마음이 좀 편안해졌다. 결국 무사히 도착한 건가?

저 멀리 도심지로 진입하는 터널이 보였다. 터널은 왼쪽 아래로 경사가 져 있었다. 난 터널 진입을 앞두고 속도를 줄이기 위해 액셀 놓고 엔진브레이크를 사용하며 아주 살짝 뒷 브레이크를 밟았다.

– 제길!

1초도 아니었다. 0.1초 정도 밟았을까? 정말 살짝이었다. 도로 위에서 오백이의 뒷바퀴가 밀리더니 드래프트가 되기 시작했다. 소름이 등줄기를 훑고 지나갔다.

– 사고다. 젠장! 젠장! 젠장!

주변 사물이 아득해지기 시작했다.

CHAPTER 55

이별

정신이 아득해지는 순간 눈을 부릅떴다. 뒷 브레이크를 한 번 더 살짝 밟았지만 아무런 효과가 없었다. 오백이 밑에 깔린 채 미끄러진다면 대형 사고는 불 보듯 뻔한 터!

내 눈은 본능적으로 착지 지점을 찾았다. 오백이 위에서 뛰어내렸다. 바로 몸에 힘을 있는 힘껏 준 채 공처럼 동그랗게 말았다. 오른쪽 골반이 먼저 땅에 닿는 느낌이 오면서 주욱 밀려가기 시작했다. 머리를 감싸고 있던 오른쪽 팔 상박 삼두박근에 아스팔트 느낌이 그대로 전해졌다.

– 드드드드드드드

그만! 이제 그만! 그만 밀려! 그만!

3초 정도 지나자 속절없이 밀리던 몸이 멈췄다. 3초 정도였지만 1분 정도로 긴 시간 같이 느껴졌다. 공처럼 잔뜩 웅크린 탓에 나의 발이 먼저 시야에 들어왔다. 그 뒤로 바닥에 누워 있는 오백이가 보였고 터널 입구쯤에 내 뒤에서 오던 차량이 비상 깜빡이를 켠 채 서 있는 모습이 보였다.

일단 웅크린 자세에서 목과 손가락 발가락을 먼저 천천히 움직였다. 다행히 아무런 통증이 없었다. 웅크린 몸을 천천히 펴서 똑바로 누웠다가 바로 옆에 난간 같은 곳에 누웠다. 심호흡을 하자.

– 윽!

오른쪽 갈비뼈와 골반 부근에 꽤나 큰 통증이 느껴졌다. 그리고 왼쪽 팔을 들어 오른쪽 팔을 천천히 만졌다. 아마도 오른쪽 상박 삼두박근 부근으로 미끄러졌기 때문에 도로에 쓸려 근육은 물론이고 심하면 뼈까지 드러나 있을 것이라고 생각되었다. 이를 악물고 살짝 오른팔을 만졌다.

어라! 피가 흥건할 줄 알았는데 피가 묻어나지 않았다. 천천히 고개를 돌려 오른팔 삼두근 쪽을 살폈다. 신기하게도 멀쩡했다. 얇은 바람막이라서 기능성이 별로 없는 줄 알았는데 꽤나 질기고 좋은 재질로 만들어졌는지 찢어지지 않고 그대로 버텨냈다. 다행이었다. 몸은 크게 다치지 않았다. 주머니에 들어 있던 카메라로 사고 현장을 찍고 나서 터널 도로 옆에 걸터앉았다.

한 7미터 정도 미끄러진 건가. 내 뒤에 오던 차와 맞은편에서 오던 차들에서 사람들이 내려 내게 다가와 괜찮냐고 묻기 시작했다.

– 아임 오케이!

– 아임 오케이!

– 땡큐, 아임 오케이!

그들은 119에 신고했다며 조금만 기다리라고 했다. 친절한 사람들. 5분 정도가 지나자 우렁찬 사이렌 소리와 함께 독일 구급차와 경찰이 도착했다. 구급대원들은 능숙한 솜씨로 나를 들것에 눕힌 채 구급차에 태워 내 몸을 전부 체크했고, 경찰은 명함을 주며 일단 바이크는 견인을 할 테니 나중에 찾아가라고 했다. 계속해서 졸렸지만 정신을 집중한 채 경찰의 성함과 연락처를 받았다.

난생 처음으로 구급차에 환자신세로 실린 채 어디론가 향해졌다. 구급대원들은 잠들면 안 된다며 내게 이런 저런 질문을 던졌지만 자꾸 졸음이 밀려왔다. 대략 10분 정도였지만 꽤나 긴 시간처럼 느껴졌다. 마치 꿈이라도 꾸는 것처럼…….

이내 곧 하얀 천장이 눈에 들어왔고 소독약 냄새들이 내 후각을 자극했다. 주위를 둘러보니 꽤나 큰 병원이었다. 3번의 엑스레이와 링거를 맞았다. 의사는 타박상 정도만 있고 다행히 뼈에는 아무런 이상이 없다고 했다. 사고를 돌이켜 보면 정말 위험한 상황이었다. 다행히 차가 내 뒤에 바짝 따라오지 않았고, 도로 위에서 미끄러져 반대편 차선까지 넘어가지 않았다. 게다가 오백이에 깔리지도 않았고, 그런대로 순간 판단을 잘 했다. 아직 인간으로서 내가 못 다한 일이 남았나 보다.

1시간가량 모든 검사를 끝내자 의사 선생님은 퇴원해도 된다고 했다. 다행이었다. 시간이 없기 때문에 난 바로 퇴원했다. 걸음을 옮길 때마다 오른쪽 골반이 욱신거렸다.

– 으윽! 된장!

택시와 지하철을 타고 1시간가량을 헤매자 내 여행의 시작점이었던 프랑크푸르트 중앙역에 도착했다.

참 기분이 묘하다. 프랑크푸르트 중앙역이 이렇게 반갑고 친근하게 느껴질 줄이야. 전쟁을 겪어보진 않았지만, 마치 전쟁을 마치고 집에 복귀하는 기분이 이럴 거라는 생각이 들었다. 중앙역 앞 벤치에 앉아 사람들을 바라보았다.

270

바쁘게 움직이는 사람들.

그리고 무심하게 흘러가는 시간들.

세상은 나와는 상관없이 여전히 바쁘게 돌아간다.

그렇다.

세상은,

시간은,

태초부터 인간 따위 신경도 쓰지 않는다. 그냥 하나의 먼지 같은 유기체일 뿐, 그렇기에 세상으로부터 축복 받았다는 둥, 세상으로부터 버림받았다는 둥 하는 생각은 버려야 한다. 인간은 자신의 수명을 열심히 최선을 다해 쓰고 삶을 마감하면 된다. 그래. 그거면 충분하다.

10분간 멍하니 앉아 생각을 정리한 후 걸어서 10분 거리인 청수민박에 도착했다. 여행 중에 연락이 없어서 걱정 많이 했다며 사장님은 나를 반갑게 맞아주셨다. 마치 집에 온 것 같은 기분이 들었다. 정말 감사한 청수민박 사장님.

집에 온 것 같은 편안함에 잠이 쏟아졌지만 시간이 없기 때문에 후딱 샤워를 하고 옷을 갈아입은 후에 사장님 지인의 도움을 받아 경찰과 통화한 후 오백이가 있는 견인소로 향했다.

1시간 넘게 찾아가 드디어 견인소에 도착하자 저 멀리 처량하게 서있는 동생 오백이가 보였다. 오백이에게 몹쓸 짓을 한 것 같아 울컥 솟아오르는 감정을 애써 억눌렀다. 오백아, 정말 고맙고 미안하다. 경황이 없어서 오백이 상태도 확인 못했는데 가까이서 보니 그래도 양옆으로 삐져나온 큰 가방 덕분에 오백이는 많이 다치지 않았다. 마지막으로 오백이를 타고 오백이를 처음 만났던 바이크샵으로 향했다. 사장은 나를 보더니 놀란 얼굴로 나를 맞아주었다.

그리고 드디어 오백이와의 이별 시간이 다가왔다. 오백이 옆에 서서 이런저런 말을 건넸다. 고맙고 미안하고, 그냥 복합적인 감정이 솟구쳤다.

오백아.

이제 진짜 마지막이야, 너하고.

잘 살아야 해.

죽을 때까지 도로 위에서 살다가 죽는 거야. 알았지?

나도 내 방식대로 내 삶에 최선을 다해 살다가 당당히 죽음을 맞이할게.

오백이 너도 네 삶이 다할 때까지 사는 거야. 도로 위에서 말이야.

넌…… 넌…… 철마니까!

눈물이 나는 걸 간신히 참았다. 아니, 떨구지만 않았을 뿐 가슴속으로 엉엉 울어댔다. 초등학교 6학년 때였던가. 키우던 강아지가 일주일 만에 죽어버린 슬픔에 3, 4일동안 울면서 슬퍼했던 기억이 순간 떠올랐다. 그때의 트

라우마로 아직도 개나 고양이를 키우지 못하는 내게, 오백이와의 이별은
그때 그 슬픔을 다시 떠오르게 했다. 서른이 넘어 이런 감정을 다시 갖게
될 줄은 꿈에도 몰랐다.

　이제껏 살아오면서 꽤 많은 이별을 경험했지만, 이런 경험은 또 처음이
었다.

　무생물에 생을 부여하고,

　또 정을 주고,

　대화를 하고,

　의지하고,

　위로받고,

　삶을 공유하게 될 줄이야.

　오백아…

　오백아……

　오백아………

　안녕.

CHAPTER 56

어느 한 가을밤의 꿈

이제는 집으로 가야 할 때. 한국행 비행기를 타기 위해 파리로 가야 한다.

청수민박 사장님과 작별인사를 하고 밖으로 나오자 오백이가 보이지 않았다. 아, 이젠 오백이가 없지. 오백이 없이 모든 짐을 어깨에 짊어지니 어깨가 주저앉으려는 듯 고통스럽다.

중앙역 플랫폼에 멍하니 앉았다. 처음 이곳에 왔을 때가 생각났다. 사방팔방 어디를 둘러봐도 키 크고 코 큰 외국인 이라서 약간의 거부감이 들었는데, 어느 새 독일이 내게 많이 친근해졌다. 프랑크 푸르트 역이 우리네 서울역처럼 느껴질 정도가 될 줄은 꿈에도 몰랐다. 눈을 감으 니 좋은 추억으로 가득 찼다. 골반은 욱신

거리는데 입가엔 멋쩍은 미소가 지어졌다.

– 그래. 이걸로 됐다. 이걸로 됐어. 만족해. 그리고 감사해.

기차에 앉아 차장 너머로 지나가는 풍경이 사뭇 다르게 느껴졌다. 예쁘긴 한데 뭔가 내가 실제로 보는 것 같지 않은 느낌. 마치 텔레비전 너머로 보는 그런 내 것이 아닌 느낌이 들었다. 아마도 풍경의 내음과 바람의 속삭임을 느낄 수 없어서 그런 것이겠지. 이런 기분이 싫어서 애써 잠을 청했다. 자다 깨다를 반복하다보니 어느새 파리에 도착했다.

그리고 다음날 아침 샤를 공항에서 한국으로 향하는 비행기에 탑승했다. 비행시간 동안 시체처럼 자기 위해 간밤에 파리의 밤거리를 미친 듯이 돌아다니며 잠을 한숨도 자지 않았더니, 잠시 눈을 붙였다 뗐을 뿐인데 차장 너머로 익숙한 모습이 눈에 들어왔다. 불켜진 인천의 풍경이 눈앞에 펼쳐졌다.

내가왔소.
내가왔소.
나의 조국이여.
내가왔소.

나의 조국이 이렇게 반가울 줄은 꿈에도 몰랐다. 공항에 마중 나와 있는 내 절친을 보자 그제야 정말 한국에 왔다는 실감이 들었다. 공항에서 집으로 가는 차 안에서 '안양'이라고 쓴 표지판이 눈에 들어왔다. 두 달간 수백 아니 수천 개의 표지판을 보았는데, 표지판에 외국어가 아닌 한글이 써있다는 것이 너무나 가슴 뭉클하게 다가왔다. 그리고 저 멀리 익숙한 건물들이 눈에 들어왔다.

드디어 집에 도착했다.

유럽 바이크 일주 로망 완수!

완수!

완수!

완수!

집 앞에 있는 놀이터를 보자 안도의 한숨이 나왔다. 감사합니다. 나의 운명이 크게 뒤틀리지 않아서…….

몸은 만신창이가 되었지만 5일 정도 휴식을 취하면 완벽하게 회복 가능한 수준이었고, 나의 심장과 영혼은 너무나 많은 소중한 기억과 추억들로 터질 지경이었다.

앞으로 평생 쓰고도 남을 만큼…….

에필로그

긴 한가을 밤의 꿈을 꾼 느낌입니다.
60여 일 간의 긴 꿈.
잠을 자고 일어나니 너무나 많은 기억과 소중한 추억들로 가득 차 있는 꿈.

애초에 조금이라도 자유인이 되어보자고 시작했던 여행이었습니다. 하지만 아이러니하게도 인간은 진정한 자유인이 될 수 없음을 뼛속 깊이 깨닫고 온 여행이 되었습니다.

인간이란 동물은 너무나 연약하여 삶을 영위하기 위해 필요한 것들이 너무나 많습니다. 인간이 무시하는 하늘 위에 참새 한 마리, 땅 위를 마음껏 누비고 다니는 조그마한 쥐 한 마리, 바퀴벌레 한 마리가 인간보다 더 자유롭다는 것을 깨닫고 왔습니다.

인간은 어쩌면 수많은 종류의 동물 중에 가장 연약하기에 그 연약함을 감추기 위해 본능적으로 무리를 짓고 군락과 사회를 형성해 지구 먹이사슬 최상단에 위치했는지도 모릅니다. 인간이라는 종족 특성의 한계를 보았기 때문에 화도 나지만 그 한계를 극복하기 위해 인간은 지속적으로 성장해 나아갑니다.

인간의 약함. 그리고 열등감.

어쩌면 이것이 인류가 가지고 있는 가장 강력한 무기일지도 모릅니다. 개개인도 마찬가지겠죠. 아쉬울 것 없는 사람은 발전에 무디지만 약한 사람은 발전하기 위해 끊임없이 자신을 채찍질 하는 것처럼 말이죠.

278

이번 여행은 쉬운 여행은 아니었습니다. 그렇다고 해서 어려운 여행도 아니었습니다.

다만,

육체적으로 조금 불편했고 정신적으로 무한한 여행이었습니다. 독일에 있으면서도 달에 있었고, 달에 있으면서도 노르웨이에 있었습니다. 그래서 좀 더 강해져서 왔습니다. 아니, 조금 더 부드러워졌다는 표현이 맞을지도 모르겠습니다.

지금도 눈을 감고 그때를 생각하면 미소가 지어지는 걸 보니 제 영혼에 삶의 에너지가 충만해졌나 봅니다. 30여 개의 제 인생의 로망 중에서 이번 여행으로 10여 개 정도의 로망을 이루었고 앞으로도 제가 이루어야 할 로망이 20여 개 정도 남았습니다. 참고로 저의 마지막 30번째 로망은 '우주여행' 입니다. 우주선을 타고 지구 밖으로 나가는 그날까지 저의 여행은 그치지 않을 것입니다.

저와 이곳에서 함께 해준 모든 분들께 진심으로 감사의 말씀을 드립니다. 정말 고맙고 감사하고, 또 고맙고 감사합니다.

마지막으로 이 여행을 마치며 마지막 인사를 시 한 편으로 대신 할까 합니다. 다시 한 번 감사합니다. 항상 건강하소서.

여행을 마치며

신동훈

저녁이 되면

나폴 나폴 날아다니던 햇볕은

내 뺨에 앉아 종일 펄럭이던 날개를 손질하고,

낮부터 성을 내던 바람은 어느새 잔잔해져 내 머리카락을 가지고 논다

바람은 때때로 폭풍이 되어 나를 두렵게 하지만

폭풍이 지나가면 어설픈 것들은 사라지고 세상은 더 진해진다

도로에는 하루일과를 끝낸 땀에 젖은 셔츠의 시큼한 향이 퍼져나가고

하늘에게 매일 나무를 뻗어 구애하는 땅과

주름진 바다가 그리워 매일 붉은 눈물 흘리며 품에 안기는 태양을 보며

사랑을 배운다

그리고

백사장 모래 어르신들의 풍화된 이야기로 삶을 배운다

혼자 태어났으나 홀로 살아가는 삶은 없음을

280

삶이란

수많은 시한부 톱니바퀴의 부대낌

내가 간절히 바라는 건

어차피 정해진 시간

스스로 멈추지 않기를

이 모든 것은 우주 안 티끌마을

우리만의 이야기

톱니바퀴는 오늘도 힘차게 자신의 살을 부대낀다

유럽 바이크 여행자를 위한
알찬 정보들

바이크에 텐트 하나 싣고 세상을 누비는 것!

아마도 남자라면 그리고 기존의 식상한 여행에 질리신 분이라면 누구나 꿈꾸는 일일 것입니다. 마음 같아선 제가 겪은 모든 것에 대한 조언과 설명을 하나 하나 나열해 드리고 싶지만, 부족한 지면과 인터넷을 검색하게 되면 수많은 정보가 있다는 핑계를 대며 저만의 주관적인 경험을 토대로 유용하고 간단한 팁을 소개해드리겠습니다.

바이크 선택

바이크 여행에 있어서 가장 중요한 것은? 당연히 바이크 선택입니다. 지금 현재 시판되어 있는 바이크는 너무나 많기 때문에 일일이 다 언급할 수는 없고, 직접 보고 듣고 겪은 대표적인 모델만을 모아봤습니다.

1. 언더본 타입

흔히 우리가 주변에서 자주 볼 수 있는 배달 바이크, 즉 시티 시리즈 바이크입니다. 시티100부터 시작해서 꽤나 많은 시리즈가 나와 있습니다.

사실 유럽일주를 시작하며 중고 마켓에서 최소한 시티 시리즈라도 타고 여행하겠다는 생각을 가지고 독일에 입국을 했었습니다. 언더본 타입의 최고 장점은 말도 안 되는 연비를 들 수 있습니다. 일반 자동차의 연비가 리터당 10~15킬로미터 정도라면, 이 언더본 타입은 40~50킬로미터 정도입니다. 무려 4배란 소리지요. 수치상으로 단 10리터 주유만으로도 서울에서 부산을 갈 수 있다는 말입니다. 기름 냄새만 맡아도 간다는 말이 나온 것이 바로 이 언더본 타입입니다.

뿐만 아니라 내구성이 우수해서 웬만해선 고장도 잘 나지 않고 부품비가 일반 자전거 수준으로 싸고 세계 어느 조그만 센터에 가도 수리가 가능 할 정도로 많이 퍼져 있습니다. 만약에 언더본 타입으로 정했다면 혼다에서 나오는 '슈퍼커브'로 구하시길 바랍니다. 시티 시리즈의 원형이기도 하고 부품 수급이 세계적으로 가장 쉬울 테니까요.

● 추천 모델: 혼다의 슈퍼커브, 야마하의 크립톤

● 장점
- 극강의 연비(말 그대로 최강연비)
- 저렴한 가격(100~300만 원 사이)
- 엄청난 내구성 (폐차할 때까지 타이어와 엔진오일만 갈아줘도 된다는 말이 있음)
- 싼 부품 값(자전거 수준의 부품 값)
- 월드와이드 수리 가능(아마 아프리카에 있는 센터에서도 수리가 가능할 듯)
- 쉬운 조작성(클러치가 없어서 조작이 쉽다. 반쯤은 스쿠터?)

● 단점
- 흔해빠진 디자인 (디자인에 민감하다면 비추)
- 낮은 배기량(바이크하면 달리는 맛! 달리는 맛 하면 고속도로! 참고로 언더본 시리즈는 125cc 이하로 최고속이 약 100 정도 밖에 나질 않는다. 고속도로에서 달릴 경우 위험함)

2. 네이키드 타입

'남자라면 네이키드!' 라는 말은 한번쯤은 들어 봤을 것입니다. 아무래도 중고딩 시절 재미지게 봤던 일본 학원물 만화책에 주로 등장하는 탓에 바이크라는 말을 들었을 때 가장 먼저 떠올리는 게 이 네이키드 바이크가 아닐까 합니다.

말 그대로 바이크의 기본형이라고 보시면 될 것 같습니다. 참고로 저의 오백이도 네이키드 바이크입니다. 장점으로는 대체적으로 무난합니다. 가격도 무난하고 연비도 무난하고 디자인도 무난하고 승차감도 무난하고 속도 무난하고……. 하지만 동시에 이 무난함이 단점으로도 작용합니다. 네이키드 바이크는 바이크들의 중간점이자 기준점으로 보시면 될 것 같습니다. 특장점이 없는 것이 네이키드 바이크의 특징입니다.

● 추천 모델: 혼다의 cb 시리즈, 스즈끼의 gs 시리즈(참고로 오백이 모델명은 gs500e)

● 장·단점
• 무난함(장·단점 없음. 바이크의 중간선이자 기준점)

3. 투어러 타입

말 그대로 바이크 타고 세상 싸돌아다니라고 만든 바이크입니다. 바이크 여행을 하는 사람들이 가장 많이 애용하는 모델입니다. 수납성, 편의성, 승차감, 브레이크 성능, 온로드 오프로드 듀얼 퍼포즈 등등 할 것 없이 모든 것이 바이크 여행에 특화되어 있습니다.

투어러 타입은 바이크 여행의, 바이크 여행을 위한, 바이크 여행에 의한, 바이크입니다. 일반적인 비포장도로도 문제없습니다. 토탈 바이크라고 하면 될까요?

284

● 추천 모델: 스즈끼의 브이스트롬 시리즈, 혼다의 transalp 시리즈와 크로스투어러, 야마하의 테레네 시리즈, bmw의 gs 시리즈, ktm의 990smt 혹은 1190, 두가티의 멀티스트라다 등

● 장점
• 바이크 여행 전용 바이크(더 이상 말이 필요 없음)

● 단점
• 상대적으로 높은 구입비(1,000만 원에서 2,000만 원 중후반)
• 시트고 높음(대부분의 투어러들이 시트고가 높아서 발이 땅에 잘 안 닿음. 신장 180 이하는 시트고 낮춤 작업이 꼭 필요함. bmw의 1200gs의 경우 신장 180의 저자도 양발 까치발이 됨)

4. 아메리칸 타입

'두두두~ 두두두두~ 두두두~ 두두두두~' 누구나 한번쯤은 도로 위에서 들어봤던 그 소리! 바로 할리데이비슨 바이크를 아메리칸 타입으로 보시면 됩니다.

'자동차는 풍경을 보고 달리지만 바이크는 그 풍경이 된다'라는 말이 있습니다. 지극히 주관적 관점으로 풍경이 될 수 있는 바이크는 이 아메리칸 타입의 바이크가 아닐까 합니다.

노을이 지는 붉은 석양 속에서 어느 외국의 한적한 시골마을의 도로 위에 심장 울리는 묵직한 감성의 배기음을 내뿜으며 뒤에는 이런저런 짐을 덕지덕지 실은 바이크가 한 대 지나간다고 상상해보십쇼. 캬~ 이것이야말로 보는 이에게는 풍경의 일부분 아니겠습니까? 풍경이 된다는 것! 이것이 아메리칸 타입의 대표적인 장점이 아닐까 합니다.

하지만 가격이 상당합니다. 최소 2,000만 원 정도는 생각해야 하고 부품값도 만만치 않을뿐더러, 정비할 수 있는 곳도 굉장히 제한적입니다.

가격이 많이 부담된다면 일제 혼다의 쉐도우 시리즈 중고나 국산 브랜드 효성의 미

라쥬 시리즈도 괜찮습니다만, 가슴을 울리는 배기음은 포기하셔야 됩니다. 그럼에도 불구하고 남자라면 뭐다? 남자라면 아메리칸!

- ● 추천 모델: 할리데이비슨의 팻보이, 로드킹, 울트라, 혼다의 쉐도우 시리즈, 스즈키 인트루더 시리즈, 야마하의 로드스터 시리즈, 가와사키 발칸 시리즈, 효성의 미라쥬 시리즈

- ● 장점
  - 비주얼(말 그대로 풍경이 되는 것)
  - 편한 승차감(팔다리의 위치와 앉는 자세가 아주 편안함)

- ● 단점
  - 가격(할리와 일제는 1,000만 원~4,000만 원, 미라쥬는 300만 원부터)
  - 연비(자동차와 비슷하거나 조금 더 나은 정도, 미라쥬는 연비 괜찮은 편)
  - 온로드 전용(오프로드, 즉 비포장 도로는 거의 포기해야 함)
  - 부품 수급과 제한적인 센터(일제 아메리칸들은 상대적으로 부품 수급과 센터 찾기가 쉬우나, 할리는 부품비가 비싸고 수리 가능한 센터 찾기가 힘들며, 미라쥬는 부품비가 싸지만 덜 알려져 있어 부품 수급이 어려움. 꼭 소모품은 사가지고 가시길)

5. 스쿠터 타입

자동차에도 오토매틱이 있어 밟으면 그냥 나가듯이 자동변속이 되는 바이크라고 보시면 됩니다. 클러치 조작이 필요 없어 그냥 스로틀을 감으면 튀어나갑니다.

양손 양발을 모두 써야 하는 일반 바이크들과 달리 양손만 써도 되기 때문에 조작이 광장히 편해서 주행 중에 시동 꺼뜨려먹을 염려가 없습니다. 왼손을 쉬고 싶으면 오른손만으로도 정지와 가속이 가능합니다.

빅스쿠터는 승차감도 아주 편안합니다. 자체 트렁크도 구비되어 있어 수납성도 편리하고 연비도 좋은 편에 속하기 때문에 흠 잡을 곳이 없지만, 굳이 따진다면 바이크 타

는 맛이 조금 떨어진다고 할까요? 바이크 조작이 상대적으로 서툰 여성 라이더 분이나 기어변속을 귀찮아하시는 분이 타시면 딱 좋을 것 같습니다.

그리고 또 스쿠터를 여성분들에게 추천 드리는 이유 중에 큰 이유 하나가 '제자리 꿍(이하 제꿍)' 때문입니다. 여행을 하다보면 제꿍을 많이 겪게 될 것입니다. 까지고 흠집 좀 나는 것이야 대충 툭툭 털면 되지만 문제는 다시 일으켜 세우는 것! 주변에 사람이 있다면 바로 도움을 요청하면 되겠지만, 텐트를 치기 위해 인적이 드문 산길이나 숲속으로 들어갔다가 제꿍을 당하신다면 정말 난감한 일이 발생할 수도 있다는 걸 염려해 두시면 좋겠습니다.

참고로 저도 텐트 치러 산이랑 숲속에 들어가다가 제꿍을 4번 넘게 한 것 같네요. 스쿠터가 상대적이지만 그나마 무게가 가벼운 편이라 일으키기가 편하다는 것도 꼭 염두에 두시길 바랍니다.

● 추천 모델: 스쿠터의 종류가 너무 많아 추천해 드리기가 가장 애매하네요. 굳이 추천을 해드리자면 빅스쿠터 중에 대만제 sym사의 보이저나 맥심, 킴코의 다운타운, 혼다의 포르자, 인테그라, 스즈끼의 버그만 시리즈, 야마하의 티맥스, bmw 좋아하시는 분께는 c600이나 650gt 정도를 추천해드리고 싶네요.

● 장점
• 편리한 조작성(조작성은 바이크 중에서 가장 편함. 오른손만 사용해도 됨)
• 편안한 승차감(빅스쿠터에 앉아 한 시간정도 가다보면 졸 수도 있음)
• 연비(생각보다 꽤 괜찮은 연비, 20~35 정도)

● 단점
• 타는 맛(바이크 타는 맛의 부재)
• 오프로드 취약(휠이 상대적으로 작아서 비포장도로에서는 쥐약)

6. 기타 타입

반드시 위에 있는 모델로 여행을 할 필요는 없습니다. 가장 좋은 바이크는 자신에게 가장 익숙한 바이크입니다. 자신이 레플리카 타입(알차)이 좋고 익숙하다면 알차로도 충분히 여행을 할 수 있습니다.

사이드카가 달려있는 우랄 바이크도 여행 중에 많이 볼 수 있습니다. 만약 장기간동안 세계 일주를 한다면 최고의 수납성을 자랑하는 우랄바이크를 선택하시는 것도 좋을 듯싶습니다.

〈바이크 추천정리〉

bmw의 1200gs adv, ktm의1190, 스즈끼의 브이스트롬1000, 야마하의 슈퍼테레네 이 4모델이 머릿속에 제일 먼저 떠오르네요. 참고로 호라이즌 언리미티드 미팅에서 본 40여 대의 바이크 중 가장 많았던 모델을 차례대로 언급하자면 혼다의 트랜스알프가 7, 8대 정도로 가장 많았고, 그 다음으로 혼다의 아프리카트윈(이안의 바이크), 야마하의 테레네, 스즈끼의 브이스트롬 순이었습니다.

한국에서 큰 사랑을 받고 있고 저도 좋아하는 1200gs는 한 대밖에 보질 못했습니다. 이유가 궁금해서 사람들에게 물어보니 1200gs가 좋긴 하나, 엔진의 내구성 측면에서 일제 엔진에 뒤지고 실제로 장기간 여행을 했을 때 상대적으로 빈국에 들어갔을 때 수리점을 찾기 힘들고 전자장비의 잦은 고장과 부품 수급과 가격이 문제가 된다고 하니 진지하게 생각해 볼 필요가 있을 것 같습니다.

유럽 사람들의 절대적인 일제 브랜드에 대한 신뢰와 사랑은 참 대단한 것 같습니다. 참고로 이안에게 바이크가 못쓰게 돼서 다시 하나 사야 한다면 어떤 모델을 살 거냐고 물으니 주저 없이 브이스트롬 650을 선택했습니다. 이왕이면 배기량이 높은 1000을 사는 게 낫지 않느냐고 물었더니 650이면 충분하다는 대답이었습니다.

지극히 주관적인 관점에서 총정리하자면(트랜스알프와 아프리카트윈은 국내에서 구하기 힘들기 때문에 제외) 아직은 경제적 여유가 없는 20대 초반의 빠른 속도를 내지 않고 세상을 천천히 보고 싶은 분에게는 슈퍼커브, 경제적 여유가 없지만 유럽 전역의 뻥 뚫린 고속도로에서 느끼는 속도감을 포기할 수 없는 분에게는 네이키드 모델인 cb400, 이제 막 여유가 생기신 20대 후반, 30대 초반 분들에게는 브이스트롬 650, 경제적인 문제를 신경 쓰지 않는 분들에게는 바로 위에 언급했던 네 가지 모델, 이제 은퇴를 하고 편하게 그리고 '폼' 나게 여행하고 싶다 하시는 분들께는 할리의 울트라 혹은 혼다의 골드윙을 추천하고 싶네요.

그리고 또 하나 바이크 선택에 있어서 염두에 두어야 할 부분이 있습니다. 바로 범죄 노출과 현지인의 호의 부분입니다. 값비싼 바이크는 상대적으로 범죄에 노출될 확률이 높습니다. 바이크에 대해서 전혀 모르는 사람도 할리데이비슨과 bmw라는 브랜드는 알고 있으며 나쁜 놈들에게 표적이 되기 쉽습니다. 그래서 항상 범죄와 도난에 더욱 더 각별히 신경을 써야 합니다.

제 경험에 의하면 값싼 바이크일수록 값비싼 바이크보다 상대적으로 현지 주민의 도움의 손길을 더 많이 받을 수 있습니다. 현지인들이 더 관심도 많이 가지고 자신의 집에 초대도 더 많이 이루어지는 편이라고 생각하면 될 것 같습니다.

물론 값비싼 바이크라고 해서 관심이 없는 건 아닙니다. 값비싼 바이크일수록 현지 동호회가 더 끈끈하게 발달되어 있으니까요.

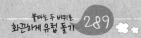

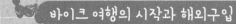

바이크 여행은 크게 세 가지 방법으로 시작을 하게 됩니다.

1. 한국에서 바이크를 사서 배를 타고 러시아에서 여행을 시작한다.
2. 한국에서 바이크를 사서 원하는 나라로 바이크를 배에 실어 보낸 후 자신은 비행기를 타고 가서 바이크를 현지에서 받아서 여행을 시작한다.
3. 원하는 나라로 비행기를 타고 가서 현지에 있는 바이크샵에서 바이크를 구매하여 여행을 시작한다.

1번과 2번은 인터넷에 자료가 충분히 있고 2014년부터는 러시아 무비자 여행이 가능하여 크게 어려움이 없는 편이지만, 3번의 경우는 정보의 바다라고 불리는 인터넷에도 정보가 거의 없어서 여행 출발 전 꽤나 많은 어려움을 겪었습니다.

그래서 생각한 것이 '현지 한인 민박집에 직접 문의하기'였습니다. 아무래도 민박집을 운영하는 한인 분들은 현지에서 몇 년 이상 사셨던 분들이라고 판단되어 그곳 사정에 대해 훨씬 잘 알 것이라는 판단이었습니다.

여행 전 전 유럽 민박집의 전화번호를 찾아내서 약 15군데 정도 전화를 하였습니다. 그 결과 몇몇 나라에서는 외국인은 자동차나 바이크를 사는 것이 아주 까다로워 거의 불가능하다는 곳이 많았고, 귀찮다는 분위기를 풍기는 곳도 있었습니다.

그중에서 독일 프랑크푸르트에 위치한 청수민박집에서만 긍정적인 답변을 들을 수 있었습니다. 사장님이 은근히 바이크를 좋아하기도 하고 적극적이시고 자상하셔서 정말 가족 같은 인상을 받았습니다. 여기저기 전화할 시간이 없으시거나 귀찮으신 분은 청수민박에서 여행을 시작하는 것이 좋을 듯합니다.

준비물은 여권과 국제운전면허증 그리고 바이크를 살 현금 정도만 있으면 됩니다. 현지 계좌와 주소가 필요한데, 그건 사장님과 잘 상의해서 해결하시기 바랍니다.

바이크 여행의 꽃이자 백미! 바로 야영입니다. 여행은 야영을 하는가 하지 않는가, 야영을 혼자 하는가 같이 하는가에 따라 실로 엄청난 차이가 있습니다. 여행의 난이도 가 엄청 올라가 버리기 때문이죠.

대중교통을 이용하여 여행하는 배낭 여행자들에게 야영 장비를 들고 다니는 것은 엄청난 고행이기 때문에 야영을 하는 것이 힘들겠지만, 바이크나 자전거로 여행하는 사람 들은 야영을 할 수 있는 행운을 절대로 놓치면 안 됩니다. 바이크를 타고 세상을 누비 는데 야영 없이 현지 숙소만을 이용한다면 그건 앙꼬 없는 찐빵을 먹는 것과 같다고 말 하고 싶네요.

야영을 하게 되면 훨씬 많은 것들을 느끼고 생각할 수 있게 됩니다. 한밤중에 귀를 기울이면 느껴지는 숲속 나무들의 대화와 가슴 설레게 하는 상큼한 긴장감, 보이지 않 는 것들에 대한 원초적인 공포감과 터무니없이 약한 인간이라는 종족의 안타까움, 그리 고 인간이라면 느끼는 고독과 외로움의 실체를 느낄 수 있죠.

그리고 아침이 오면 길고 긴 밤을 보낸 후 텐트 입구 사이로 옅게 들어오는 따스한 해님의 소중함, 주변 가득 메우는 싱그러운 새소리와 하루를 시작하는 자연의 숨 냄새, 작지만 그래도 편했던 우리 집의 고마움을 느끼고, 나 자신 본연과의 만남과 대화를 할 수 있습니다.

하지만 야영은 위험을 동반합니다. 그건 부정할 수 없는 사실입니다. 세계적으로 봤 을 때 실제로 꽤나 많은 여행자들이 한밤 야영 중에 사고를 당합니다. 때때로 목숨을 잃는 사고가 발생하기도 합니다. 그래서 주의를 많이 기울여야 합니다.

하지만 몇 가지 주의사항만 지키신다면 크게 문제없을 것입니다. 반드시 익혀서 염 두에 두시기 바랍니다.

1. 사람이 없는 곳에 텐트를 칠 것

안전한 야영의 핵심은 텐트 장소 선정입니다. 사람이 없는 곳, 사람의 거의 없는 곳에 텐트를 치는 원칙을 항상 고수하시길 바랍니다. 간혹 현지인과 친해지거나 누군가의 관심을 받기 위해 현지 사람들이 잘 볼 수 있는 곳에 텐트를 치는 경우도 있습니다만, 99번의 좋은 만남과 호의를 받았다고 해도 1번의 잘못된 만남으로 운명이 바뀔 수도 있기 때문에 반드시 주의해야 합니다.

2. 길이 나 있는 곳에서 멀리 떨어질 것

산이나 숲속에 사람들이 많이 다녀 생긴 길이 있는 곳에서 다소 멀리 떨어진 곳이 좋습니다. 산에 진입해서 장소를 물색할 땐 가능하면 사람들이 다녀서 생긴 길에서 길이 없는 부분으로 들어가서 텐트를 쳐야 합니다.

3. 주변 나무에 동물의 발톱 자국이 있는지 볼 것

우리나라와는 달리 외국은 꽤 많은 야생동물들이 산에 서식하고 있습니다. 작고 안전한 동물이야 상관없겠지만, 독사나 멧돼지 이상의 동물들, 특히 곰이 있는 곳도 있으니 주변 나무에 발톱 자국으로 보이는 패인 곳은 없는지, 또 동물 모양의 경고 표지판은 없는지 항상 신경을 쓰길 바랍니다.

실제로 스웨덴의 어느 이름 모를 산에서 야영을 할 때 태어나서 처음으로 온몸의 털이 곤두서는 경험을 한 적이 있습니다. 새벽 3시쯤 약 200미터 전방에서 생전 처음으로 듣는 야수의 포효를 듣고 잠에서 깬 적이 있습니다. 그때는 그것이 곰이라고 확신을 했었지만 실제로 보지는 못하였기 때문에 여행기에 따로 넣지는 않았습니다만 그때의 오싹함은 지금 생각해도…….

4. 멀리서 지켜볼 것

텐트 칠 장소를 정했으면 그 장소에서 20미터 정도 떨어져서 숨을 죽이고 20분 동안 가만히 앉아서 그곳을 지켜보기 바랍니다. 사람이 지나다니는지, 혹은 동물이 다니는 길은 아닌지, 나무 위에 새둥지는 없는지(새똥 테러), 개미 같은 곤충들 통로는 아닌지 등.

5. 얼핏 둘러봤을 때 눈에 띄지 않을 것

텐트는 눈에 띄지 않을수록 좋습니다. 그래서 가능한 어두운 색으로 구입하시고 설치 시에는 은폐엄폐가 잘되는 곳에 설치를 하는 것이 좋습니다. 설치 후 멀리서 얼핏 둘러봤을 때 눈에 잘 띄지 않게 해야 합니다.

6. 반드시 해가 있을 때 칠 것

여행을 하다보면 늦어져 해가 진 후에 텐트를 치는 일도 발생하지만 가급적이면 최대한 텐트는 반드시 해가 지기 전, 날이 밝을 때 쳐야 합니다. 그래야만 주변에 무엇이 있고 탈출구나 대피로는 어딘지, 주변에 더럽거나 위험한 것들은 없는지 알 수 있습니다. 일몰 시각을 숙지해두거나 해의 상태를 예의 주시하길 바랍니다.

7. 냄새나는 음식은 무조건 피할 것

캠핑장이나 호숫가, 바닷가는 상관없지만 산이나 숲에서 밤을 보낼 때는 음식 조리 시 신경을 많이 써야 합니다. 특히 고기를 굽거나 익히는 등의 후각을 자극하는 요리는 절대 하지 말아야 합니다. 그랬다간 그날 밤 그 동네에 사는 모든 야생동물들과 반상회를 하는 좋은 기회가 마련될 겁니다.

밤에는 최대한 냄새가 나지 않는 음식을 먹고, 설거지거리 등을 텐트 밖에 놓아두지 말고 빨리 처리를 하거나, 그것이 힘들다면 텐트에서 멀리 떨어진 곳에 둬야 합니다.

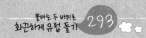

8. 한적한 곳이 없다면 현지인에게 부탁해 볼 것

산이나 호수, 숲 등이 없는 곳이라면, 차라리 아이가 있거나 바이크가 보이는 가정집 마당에 텐트를 쳐도 되는지 물어보는 것도 좋은 방법입니다. 가정집에 바이크가 보인다면, 아마 바로 집으로 초대를 받는 행운을 누리실 수도 있습니다.

9. 도시에서는 텐트를 치지 말고 현지 숙소(호스텔)을 이용할 것

유명 관광 도시는 현지 주민부터 관광객, 도둑, 노숙자 등 어중이떠중이가 전부 있는 곳이기 때문에 야영이 가장 위험할뿐더러 아무 곳에서 야영을 했다가는 벌금을 물 수도 있습니다.

유명 도시에서는 무조건 현지 숙소나 캠핑장을 이용하는 것이 좋습니다. 차선책으로는 현지 소방서나 경찰서, 관공서나 학교 등에 양해를 구한 후 야영을 하는 방법도 있습니다.

<야영 관련 총정리>

하나. 야영의 시작도 은폐엄폐! 끝도 은폐엄폐!

둘. 해가 지면 텐트 속에서 가능한 라이트를 켜지 말 것.

셋. 가급적이면 해와 함께 움직일 것. 빨리 자고 아침 일찍 움직일 것.

넷. 10일 이상 연속으로 야영을 하게 되면 심신이 피폐해지니 중간 중간 숙소에 묵을 것.

다섯. 텐트 설치 시 외진 곳으로 들어갈 때 바이크 넘어지지 않게 주의를 많이 기울일 것.

294

식사

1. 식빵과 잼

배낭 여행이나 관광을 하게 되면 유명 관광지 레스토랑이나 호텔 식당, 민박집에서 근사한 식사를 하면 되지만, 바람 따라 구름 따라 발길 닿는 대로 다니는 바이크 여행을 하게 되면 끼니 해결하기가 생각보다 까다롭습니다. 식당이나 마트가 없는 외진 시골마을로 가게 되면 막막해지고, 외국의 주말엔 가게들이 전부 문을 닫아버리기 때문이죠.

그래서 바이크 여행족은 '식빵과 잼'을 항상 구비해야 합니다. 식빵이 있는 것과 없는 것은 심리적으로 엄청난 차이를 만듭니다. 배가 고프면 아무리 좋은 배경을 보더라도 눈에 들어오지도 않을뿐더러 마음에 여유가 사라지고 여유가 사라지니, 좋기만 하던 여행이 어느 순간 고행으로 변하게 됩니다. 하지만 식빵이 있다면 맛은 다소 떨어지더라도 최소한 굶지 않아도 된다는 심리적 안정감이 마음의 든든함을 선사합니다.

식빵은 가급적이면 빵집에서 만든 신선한 빵보다 유통기한이 긴 편에 속하는 마트표 식빵을 사는 것이 더 좋습니다. 잼은 우리나라보다 더 다양한 제품군이 마트에서 판매되고 있으니 취향대로 골라서 가지고 다니기 바랍니다.

저는 항상 딸기잼과 악마의 식품이라고 불리는 초콜릿 잼, 열량대마왕 '누텔라'를 들고 다녔습니다. 아무리 배가 고파도 식빵 두 쪽에 누텔라와 딸기잼을 듬뿍 발라 먹으면 허기가 가시고 위가 편안해지더군요.

다시 한 번 강조 드리자면 식빵은 최후의 보루라고 생각하고, 곰팡이가 펴서 버리고 다시 구입하는 한이 있더라도 항상 챙기시길 바랍니다.

2. 칠리소스

여행 중이니 최대한 한국 냄새 나는 것은 배제하고 현지의 것을 경험하자고 마음먹어도 밥 먹을 때는 꼭 생각나는 것이 있죠. 바로 김치, 고추장입니다.

김치는 어떻게든 참아보겠는데, 요리할 때는 특히 고기를 구워먹을 때는 고추장이 간절합니다. 그렇다고 고추장을 유럽마트에서 파는 것도 아니고, 고추장 하나 사자고 물어물어 대도시에 있는 한인마트에 갈 수도 없는 노릇이고, 참 난감할 때가 한두 번이 아닙니다.

그래서 자신 있게 추천하는 두 번째 필수품! 바로 칠리소스입니다. 고추장까진 아니더라도 요리할 때나 샌드위치를 만들 때 고기를 구울 때 소금 설탕 없이 칠리소스만 뿌려주면 근사한 한 끼 식사가 됩니다.

마트 정육 코너에 가서 떨이로 나온 돼지고기나 베이컨을 사서 칠리소스와 함께 구워주면 기가 막힌 새콤달콤한 칠리 돼지구이가 됩니다. 다른 간도 필요 없습니다. 맛도 아주 맛있고 한국인 입맛에 딱 입니다. 거짓말 조금 보태서 식당에서 파는 고추장 불고기 맛이 난다고 할까요? 양파 좀 썰어서 넣으면 더 금상첨화겠네요.

외국 마트 어디를 가든지 소스 코너에 가면 칠리소스는 항상 있으니 구하기도 쉬울뿐더러 가격도 싼 편이니 칠리소스 꼭 잊지 마시길 바랍니다. 장담컨대 나중엔 칠리소스의 노예가 되어 있을 거라고 확신합니다.

3. 여행 중 식사에 대해

아침은 주로 간단히 식빵을 먹고 점심은 각국의 요리를 맛봐야 한다는 생각에 비싸지 않은 선에서 그 나라 음식점에서 해결하고 저녁은 직접 해먹었습니다.

엉클벤이라는 브랜드 쌀(일명 애벌레쌀)은 우리네 입맛에 맞지 않으니 밥이 먹고 싶다고 덜컥 사셨다간 짐만 되어버리니 사지 마시고 고기가 그나마 싸고 영양도 좋고 조리하기가 편합니다.

많은 시간을 앉아서 이동하다보니 항상 치질에 걸릴 위험에 노출돼있음을 인지하시고 변비에 걸리지 않게 떠먹는 야쿠르트 등의 유제품과, 과일 등도 잊지 말고 챙겨 드셔야 합니다.

그 외 라면이나 파스타 같은 면류와 토마토소스, 또띠아, 참치캔, 스팸 등도 가지고 다니면 좋습니다. 식량 칸은 항상 상하지 않는 음식들로 빵빵하게 챙기고 다녀야 마음도 빵빵해집니다. 출발 준비할 때 인터넷에서 즉석 비빔밥이나 군용 식량 몇 개 챙기시고 비상용으로 미숫가루도 챙겨 가시면 큰 도움이 됩니다. 김치는 캔으로 된 김치를 가져가시면 정말 김치를 먹고 싶은 순간에 한국라면과 함께 드시면 너무 좋습니다.

수납공간

바이크 수납공간을 만들 땐 한 번에 큰 것을 만들어서 다 넣는 것보단 좌우 사이드박스와 리어박스 같이 공간을 분리되게 만드는 것이 편합니다. 투어러 바이크처럼 말이죠. 그래야만 짐을 싸는 것도 푸는 것도 편하고 중간 중간 가방을 열 때도 다른 짐들을 다 내려야 하는 수고를 덜 수 있어 탄력적으로 움직일 수 있습니다.

슬립하거나 제쿵 하는 경우에도 넘어진 쪽 박스 하나만 제거하거나 수리하면 되기 때문에 훨씬 수월합니다. 그리고 가장 중요한 방수 처리는 꼭 하시길 바랍니다.

복장과 안전장비

첫 번째는 방수!
두 번째도 방수!
세 번째는 방한!

저 같은 경우 여행 시작 전 바이크 여행이 될 지 자전거 여행이 될 지 몰라서 그 중간 단계 선에서 간소하게 챙겨 가 고생을 많이 했지만 독자 분들은 절대로 저와 같은 고생을 하시면 안 됩니다.

특히 부츠와 장갑 그리고 헬멧, 이 세 가지가 가장 중요합니다. 이 세 가지 장비는 돈을 좀 투자하더라도 좋은 것을 사시길 바랍니다. 부츠는 최대한 길고(종아리를 다 덮는) 방수 잘 되는 것으로 사야 비가 와도 발이 젖지 않아 고생이 덜하고 산이나 들에서 야영 중 뱀으로부터 안전할 수 있습니다.

헬멧은 무조건 풀 페이스 헬멧이나 시스템 헬멧으로 구입하시고 장갑도 방한, 방수가 잘되는 제품으로 구입하시길 바랍니다. 비가 올 경우 바이크를 안 타는 것이 좋습니다만, 어쩔 수 없이 시간을 맞추기 위해 장시간 수중 라이딩을 해야 하는 경우가 생깁니다.

방수, 방한이 잘 되는 상하의를 입고 그 위에 비옷을 입었다고 하더라도 비를 장시간 맞으며 라이딩을 하면 상의는 잘 젖지 않지만, 상의와 뒷자리 짐에서 흘러내린 빗물이 시트에 고여 엉덩이, 특히 하의의 실밥 부분을 통해 물이 침투하여 속옷까지 젖게 되는 경우가 많습니다. 그러니 그 부분에 옅게 실리콘을 바르거나 방수 약품으로 한 번 더 보강하는 것도 좋은 방법이 될 것 같습니다.

그리고 겨울이나 추운 지방으로 가시는 분은 바이크 손토시(손잡이에 장착하는 것)도 같이 가지고 가시고 비닐장갑이나 수술용 고무장갑도 챙겨 가시면 정말 요긴하게 사용할 수 있습니다.

텐트백 따로 만들기

텐트를 사게 되면 당연히 텐트백도 같이 나옵니다. 하지만 같이 나오는 제품은 아주 꽉 맞게 만들어져 있습니다. 가끔 텐트를 사용할 때야 상관없지만 바이크 여행 중 자주 텐트를 사용하다보면 꽉 맞는 텐트백 때문에 시간낭비와 체력낭비를 하게 됩니다.

특히 이른 아침 텐트를 접고 하루를 시작해야 할 때 아무리 좋은 텐트를 샀다고 해도 자주 사용하다보면 후라이와 텐트 층 사이에 이슬이 끼게 되고, 그 상태로 말릴 시간도 없이 서둘러 접다 보면 이미 부풀대로 부풀어진 탓에 잘 들어가지도 않습니다.

때문에 무릎 사이에 끼고 낑낑거리며 접고 나면 아주 여행 시작도 전에 기운이 다 빠져 아침의 좋고 상쾌한 기운이 싹 달아나게 되는 경우가 자주 생깁니다. 따라서 텐트백을 꼭 따로 만들어가길 바랍니다.

공사자재들 덮어놓는 방수천(일명 가빠)으로 바이크 크기를 고려하여 넉넉한 크기로 만들어 제작하여, 뺄 때도 쏙 빠지고 넣을 때도 간편하게 돌돌 말아서 넣을 수 있는 사이즈로 만든다면 시간낭비, 체력낭비, 좋은 기분낭비를 막을 수 있는 좋은 아이템이 될 것입니다.

만드는 게 귀찮으신 분은 인터넷에서 대형 방수백을 사시는 것도 좋습니다. 추가로 침낭도 접는데 시간이 꽤나 걸리니 따로 매트와 침낭을 한 번에 돌돌 말아 담을 수 있는 침낭백도 만들면 좋을 것 같습니다.

조깅은 필수

평상시에도 잘하지 않는 조깅을 왜 여행 중에? 라고 의문을 품는 분들이 있을 것입니다.

자전거 여행을 하거나 배낭 여행을 하게 되면 자전거를 타거나 오래 걷는 것으로 충분한 신체활동을 하게 되지만 바이크 여행을 하게 되면 신체 활동이 극히 제한됩니다.

어떤 날은 정말이지 하루에 백 걸음도 채 안 걷게 되는 날도 있게 됩니다. 신체 활동이 적어지면 급격히 근육과 근력이 줄어들고 혈액순환이 잘 되지 않습니다. 그리고 신체 리듬에도 악영향을 끼치게 되어 체력과 활력이 떨어지고 면역력이 떨어져 독감과 몸살에 잘 걸리게 되는 사태가 발생합니다.

만약에 물가가 높은 북유럽에서 감기나 몸살이 걸리게 된다면, 병원비에, 약값에, 모텔비에…… 어휴, 상상만 해도 끔찍해집니다. 그동안 먹을 것 아끼고 좋은 잠자리 아껴 모은 돈을 허무하게 사용하게 됩니다.

그래서 런닝화를 꼭 챙겨 가셔서 최소 일주일에 두 번은 꾸준히 땀을 흘리고, 전신 골고루 혈액을 순환시키며 운동을 해주시길 바랍니다. 그래야만 좋은 컨디션으로 사고 방지도 되고 더욱 활기찬 여행을 지속할 수 있을 것입니다. 바이크 여행 중 운동은 시간낭비가 아닌 필수조건이라고 강력히 주장하는 바입니다.

전자기기

성능 좋은 노트북이나 넷북을 가져가면 좋겠지만, 요즘은 스마트폰이나 태블릿 PC의 기능이 너무 좋게 나와서 태블릿 PC 하나만 가져가도 충분합니다. 저는 7인치짜리 태블릿 PC와 접이식 블루투스 무선 키보드만 가져갔는데 아주 유용하게 사용하였습니다.

전화는 물론이고 지도, 카카오톡, 보이스톡, 독서, 여행기 작성 등을 태블릿 PC 하나로 해결하였습니다. 비상용으로 지역 락이 풀려 있는 구형 아이폰이나 구형 갤럭시폰을 가져가면 더할 나위가 없을 것입니다.

기타 자잘한 정보들

● 샤워

야영 시 가장 불편한 것이 씻는 것일 것입니다. 여행을 떠나시는 날부터 이제껏 깔끔함을 유지했던 자신과 작별하시고 물수건과 친해지시기 바랍니다.

처음엔 물수건으로 전신 샤워를 하면 하루에 4, 5장정도 사용하게 되겠지만 나중엔 1, 2장으로도 개운한 전신샤워를 할 수 있으니 물수건은 대용량으로 꼭 챙기시길 바랍니다.

● 유용한 세 가지 도구

반드시 있어야 할 도구는 아니지만 가져
가면 유용한 도구로 접이식 양동이, 접이식
간이의자, 락앤락 밀폐용기, 이 세 가지를
추천해 드리고 싶네요.

접이식 양동이 하나만 있으면 호숫가나
바닷가에서 설거지나 물을 사용해야 할 때
유용하게 사용할 수 있으며, 접이식 간이의
자는 이슬에 젖은 숲속이나 바닷가 등에서
부담 없이 아무 데서나 앉을 수 있어서 아
주 유용합니다. 그리고 밀폐용기는 밥을 할
때 많은 양을 해서 용기에 담아두면 그 다
음날도 밥을 해야 하는 수고를 덜 수 있어
서 아주 좋습니다.

● 무료 와이파이

여행과 함께 가장 친해져야 할 브랜드가 맥도날드입니다. 맥도날드에서는 거의 대부
분 와이파이가 무료입니다. 간혹 전화번호를 입력하라는 나라도 있지만 대부분 무료이
니 여행 중 맥도날드를 발견하게 된다면 가볍게 커피라도 한잔 하면서 무료 인터넷을
꼭 즐기시길 바랍니다. 생각보다 많이 퍼져 있진 않지만 버거킹에서도 무료 와이파이를
제공하고 있습니다.

● 화폐 사용

유럽 같은 경우는 대부분 유로를 사용할 것이라고 생각하는데, 꼭 그렇지 않습니다.
유로를 사용하지 않고 자국의 화폐를 사용하는 곳도 많기 때문에 나라가 바뀔 때마다 환
율 따지고 이것저것 따져서 환전하는 게 엄청난 귀차니즘으로 작용합니다.

꼼꼼한 분이라면 환전을 하셔도 되지만 저 같이 한량 체질이라면 '비자' 나 '아멕스'
신용카드 하나로 해결하시는 것도 좋습니다. 당연히 이용하기 전에 가게 문 앞에 '비

자'나 '아멕스' 스티커가 붙어 있는지 확인하는 걸 잊지 마세요.

● 주차

외진 시골마을에서는 파킹에 별 신경을 안 써도 되지만, 도시에서는 주차에 신경을 많이 쓰셔야 합니다. 벌금이 상당하기 때문이죠. 우리나라와 달리 유럽 대부분 바이크 주차 시설이 잘 되어 있고 무료인 경우가 많으니, 도시에서 주차 시에는 바이크들이 뭉쳐있는 주차장을 이용하기 바랍니다.

● 검문

짐을 가득 싣고 이곳저곳 돌아다니다 보면 아무래도 현지 경찰이 불시 검문 하는 경우가 종종 생깁니다. 그럴 땐 당황하거나 수비적으로 대처하지 마시고, 오히려 오랜 친구나 유명인사 만난 듯이 공격적이고 적극적으로 웃으면서 먼저 다가가시길 바랍니다.

경찰을 꼭 보고 싶었다면서 사진을 같이 찍자고 하는 것도 좋은 방법입니다. 처음엔 경계 하겠지만, 남자라면 누구나 마음속에 바이크를 타고 한번쯤은 세상을 여행을 해보고 싶어 하는 로망이 있기 때문에 금방 친구가 될 수 있을 것입니다.

● 호신장비

호신장비를 사용할 일이 없어야 하겠지만 여행 중에는 어떠한 일이 발생할지 모르기 때문에 항상 대비를 해야 합니다. 여행용 칼도 좋은 호신 장비가 되겠지만 삼단봉도 좋습니다.

저는 야영 중에 혹시나 제게 덤비는 멧돼지나 들개를 때려잡으려고 삼단봉을 가져갔지만, 체코에서 사람에게 사용할 뻔 했던 위급한 상황에서 심적 안정에 큰 도움이 됐습니다.

삼단봉은 꼭 여행 전에 미리미리 구비하시어 손에 익혀 놓고, 비상시 삼단봉을 사용해야 하는 상황이 된다면 상대의 머리보다 정강이를 가격하는 것이 앞으로 여행을 무리 없이 지속하는 데 도움이 될 것입니다.

그 외 여성분이라면 최루액 분사기 같은 강력한 화학 분무 제품도 염두에 두시길 바랍니다.

● 도움 요청

아무리 준비에 만전을 기했다 하더라도 예상치 못한 어려움은 항상 일어납니다. 그럴 땐 현지인에게 도움을 요청하는 것이 좋은데, 현지 일반인보다 현지 바이커에게 도움을 요청하는 것이 더 좋습니다. '세상의 모든 바이커는 형제다' 라는 말도 있듯이 바이커에게 손을 내민다면 열에 아홉은 도움을 줄 것이라고 확신합니다. 그리고 그 도움은 인연으로도 이어지기도 하구요. 어려운 일이 생겼을 땐 현지 바이커에게 겸손하고 적극적으로 도움을 요청해 보세요.

● 바이크 일으켜 세우기

바이크 여행을 하는데 바이크를 능숙하게 다루는 것은 가장 중요한 것일 것입니다. 하지만 능숙하게 다루는 것만 생각한 나머지 많은 분들이 간과하는 것이 있습니다. 바로 바이크 일으켜 세우는 것입니다.

바이크를 아무리 잘 타는 사람이라도 바이크가 넘어졌을 때 일으켜 세우는 연습은 잘 하지 않습니다. 왜냐하면 평소에는 두세 명씩 같이 다니거나 국내에는 얼마든지 도움의 손길이 있기 때문이죠.

하지만 인적이 거의 없는 산이나 들, 호숫가 주변에서 야영을 하다가 바이크가 넘어지게 되면 정말 난처한 일이 발생합니다. 근력에 자신 있는 분들이라면 혼자서 일으켜 세우는 데 무리가 없지만 근력이 약한 남성분이나 여성분은 혼자서 바이크를 일으켜 세우기가 정말 난처합니다. 그나마 100킬로그램 대 바이크라면 혼자 끙끙 거리며 세운다지만 300킬로그램 이상 나가는 대배기량 바이크를 넘어뜨리게 되면 정말 답이 안나오는 상황이 발생합니다.

바이크 일으켜 세우는 것에 대한 핵심은 팔 힘을 사용하는 것이 아니라 허리와 다리를 사용하시는 것입니다. 바이크를 최대한 몸에 붙이고 허리와 다리로 땅을 밀며 일으켜 세우는 것이 가장 안정적입니다. 가능하면 여행 전 바이크 상처가 나지 않게 조치를 한 다음 지인과 함께 연습을 해 보시길 바랍니다.